나는 살아야겠다!

이제 알코올중독과 헤어집니다

알코올중독은 질병이다!
알코올중독자의 끔찍한 경험 그리고 새로운 삶 이야기

이용기
에세이

청어
도서출판

들어가는 글

저는 알코올중독자입니다.

이 책은 저의 60년 인생의 치부이자 모든 일을 끈질기게 방해해 온 술 이야기입니다. 술독에 빠져서 허우적댄 고백이라 한 줄 한 줄 쓰면서 가슴이 메여 옵니다.

제가 처음 술을 접한 것은 중학교 때였습니다. 그렇게 무심코 접한 술은 성인이 된 후, 날이 갈수록 삶의 중심으로 들어오기 시작했습니다. 모든 것에 앞서 최우선이 되었지요. 술을 마시기 위해서라면 어떤 것도 미루고 팽개쳤습니다.

술을 먹을 줄 알아야 진짜 사나이라고 생각했습니다.

학교, 군대 그리고 사회생활 내내 술을 사랑했습니다. 술 마실 시간이 모자라서 회사 퇴근 후 다니던 야간대학원도 중도에 포기할 정도였습니다. 그렇게 나도 모르게 점점 술의 함정 속에 빠졌습니다. 술을 마시기 위한 합리화나 핑계겠지만, 술은 남과 친해지는 감미료 같은 촉매 역할도 했습니다. 하지만 남과 싸우고 언쟁하며 끝내는 좋던 인간관계가 깨어지게 했습니다.

20년 전, 마흔의 나이에 사업을 시작했습니다.

어느 정도 경제적인 성공도 있었지만 많은 사기와 돈떼임이 있었습니다. 사람에게 마음으로 배신을 당했습니다. 10년간, 백 명도 넘는 사람에게 수십억을 뜯겼고 몇몇은 교도소에 보냈습니다. 이 상황들은 저에게 술 마시게 하는 그럴듯한 구실이 되었습니다.

먹튀를 크게 당해 억울해하며 방에서 마시는 혼술
아침부터 마시는 해장술
안주 없이 마시는 깡술
회사의 모든 책임을 짊어졌다는 두려움과 고독에 좌절하며 마신 우울한 술
저는 그렇게 알코올중독의 나락으로 떨어졌습니다.

가족들의 간섭과 눈을 피해 술을 이불속, 옷장 속에 감추어 놓고 마셨습니다. 심지어 가죽점퍼 안주머니에 숨겨두었던 술은 깜박 잊어버렸다가 겨울이 되어 옷을 입으려다가 발견하기도 했습니다.

그러는 사이 몸은 서서히 망가졌고 결국에는 수전증으로 국을 떠먹기조차 힘들어졌습니다. 하루라도 술을 마시지 않으면 잠을 이루기 힘들어졌고, 피똥까지 싸며 초점이 없는 눈으로 무기력하게 나날을 보냈습니다. 그런 날이 거듭될수록 몸은 음식을 받아주지 않았고, 체중은 15kg씩 여러 번 빠졌습니다.

2021년, 참다못한 아내와 아들이 저를 강제로 알코올 전문 정신병

원에 입원시켰습니다. 퇴원 후, 재 음주 그리고 다시 입원을 거듭하며 알코올중독이 불치병이며 죽음에 이르게 하는 병이라는 것을 자각했습니다.

이처럼 부끄럽기 짝이 없는 삶의 이야기를 글로 쓰기까지는 '용기'가 필요했습니다. 필명을 만들어 볼까도 생각했습니다. 하지만 단주하고 '회복의 길'을 가려면 도장 찍듯 실명으로 세상에 드러내야 한다고 생각했습니다. 술에 얽힌 삶의 이야기를 솔직하게 토해낸다면 저의 회복에도 자양분이 될 것이라 생각했습니다.

외로움, 우울증, 자기연민, 불안증, 두려움, 수치심 등은 알코올중독자 누구에게나 자동으로 찾아옵니다. 술을 마시는 핑곗거리가 됩니다. 술의 갈망을 이겨내지 못합니다. 술의 노예가 되어 갑니다.
알코올중독은 알코올 의존증, 알코올 사용 장애, 알코올 남용 등 여러 가지로 불리지만 모두 매한가지입니다.

이 책의 글들은 고해성사하듯 풀어 놓은 이야기입니다.
알코올중독이 아니더라도 비슷한 고통에 힘겹게 방황하며 살아가시는 분들께도 위로가 되는 책이 되었으면 합니다.

중독자분들이 하루 빨리 단주하는 회복의 길로 오시길 응원합니다!
A.A모임에서 뵙겠습니다.

A.A(Alcoholics Anonymous)라는 중독자 모임에서 모임 때마다 읽는 기도문을 올리는 것으로 가름하겠습니다.

평온함을 청하는 기도

오! 하느님
어쩔 수 없는 것을 받아들이는
평온함을 주시고

어쩔 수 있는 것을 바꾸는
용기를 주시고

또한 이를 구별하는 지혜도 주소서!

차례

제5장   술과 이별합니다

부록

제1장

무심코 시작된 술과의 악연

1. 중2, 술과 만나다

청소년 건강 문제가 심각하다. 흡연과 음주 그리고 비만 문제이다. 중, 고등학생의 경우 흡연율은 6%, 음주율은 11%에 달한다. 2021년 질병관리청 국민건강조사 보고에 따르면 술을 마시는 청소년이 남학생 12.4%, 여학생 8.9%라고 한다. 중학생 5.6%, 고등학생 16%로 집계되었다. 비만도 문제이다. 아침 결식이 많아지고 과일 섭취가 줄었다. 반면에 인스턴트식품과 육류 섭취가 늘었다. 비만으로 인하여 청소년 우울증이 늘고 있다.

중2, 사춘기 반항으로 시작된 술과의 인연은 45년을 힘들게 했다. 많은 일이 꼬였고 갈 길을 잃었다. 건강과 행복, 기회도 앗아갔다. 대화하는 걸 몰랐던 어린아이는 어울리기 편한 술과 친한 친구가 되었다. 청주에서 중학교를 다녔다. 까까중머리에 검은 교복을 입고 학교까지 10km가 넘는 먼 거리를 자전거로 다녔다. 시골 소읍에서 유학 나온 촌뜨기 유약한 아이였다.

중학생 때 절반은 청주에 있는 외갓집에서 자전거로 통학을 했다. 외가는 내 집처럼 편했고 외숙모는 후덕하셨다. 갑자기 비가 오면 외숙모는 두 딸은 비를 맞게 하면서도 우산을 들고 우리 학교 교문 앞에서 기다리셨다. 보살 같은 분이라고 생각했다.

그러던 어느 날, 성적표를 받고 화가 났다. 성적표에 보호자 날인을 받아야 하는데 난감했다. 같은 처지의 친구와 의기투합했다. 동병상련이었다. 친구는 두 누나와 단칸방에서 자취를 하고 있었다. 누나들이 학교에서 돌아오기 전에 서둘러 마셔야 했다. 콜라와 환타라는 음료에 소주를 섞었다. 몇 병을 마셨는지 기억나지 않지만 첫술이라 금방 취했던 것 같다. 당시 우리는 명문고에 입학해야 하는 중압감에 시달렸다. 학교에는 특수반이 있었고 우리도 그 반에 있었다. 한 학년 500명중 3~40명 정도만 그 학교에 입학할 수 있었다. 도내의 읍, 면 지역에서는 전교 1~2등만 입학하곤 했다.

누가 먼저 권했는지 기억은 없다. 구멍가게에서 술과 음료를 샀고 흠뻑 취했다. 6학년 때 도청소재지인 청주로 전학한 나는 증평 집에서의 버스통학과 외갓집에서 자전거로 통학하는 걸 반복했다. 술에 취한 그때는 외갓집에서 다닐 때였다. 돌아가는 길이었다. 향교를 지날 때와 오정목 거리에서 두 번이나 넘어졌고 팔뚝 살갗이 까졌다. 자전거도 찌그러졌다. 그 꼴을 계집애들이 힐끔힐끔 보며 수근댔다. 수줍음이 많았던 나는 다음날부터 자전거 통학 길을 다른 먼 길로 돌아다녔다.

어려서부터 낯가림이 심했다. 열등감이 많았다. 술을 마시니 근심이 사라졌다. 어지러웠지만 기분이 좋았다. 실없이 웃음이 나고 동작이 커졌다. 겁이 없어지고 목소리가 커졌다. 친구들과 어울릴 때도 주도적으로 변했다. 나를 내세우고 과시하기 좋았다. 술에 점점 의존하게 된 이유들이었다.

6남매의 막내로 부모님께 귀여움을 많이 받았다.

아버지가 47세, 어머니 41세에 얻은 늦둥이라 그런지 공부하라는 말씀도, 성적에 대한 꾸짖음도 하지 않으셨다. 그렇지만 셋째 형, 작은누나에게 '돌연변이' 라고 놀림을 받았다. 이따금씩 머리를 쥐어박혔다. 형, 누나는 도저히 따라갈 수 없을 만큼 공부를 잘했다. 졸업식에서 교육감상 받는 것은 기본이요, 명문고 성적은 톱 수준이었다.

나는 초등학교를 간신히 우등상만 받고 졸업했다. 다행히 원하는 고등학교에 입학한다고 해도 턱걸이 입학이 예상되고 있었다. 아마, 내가 먼저 술을 먹자고 꼬드기지 않았을까? 그 친구는 지금, 은행 간부로 송파구에 살고 있다. 친구는 가난한 시골 농부의 장남 자취생이었고, 우리 집은 읍내에서 제법 사는 편이었다. 그때 나는 철이 없었고 하고 싶은 일은 하고야 마는 성격이었다. 참지 못하고 화를 잘 냈다. 지금도 여전하지만 무모하고 조급한 다혈질 중학생이었다.

외갓집에서 하숙 비슷한 친척집살이를 하고 있었다. 외가도 6남매였다. 외삼촌 벌이로 여덟 식구가 살기에 각박했을 것이다. 조금은 더 넉넉한 우리 어머님이 동생을 잘 챙겨 주었을 것이다. 술을 입에 대는 순간에도 '꼼수'가 생각났다. 설사 취해도 마음이 선한 외삼촌, 외숙모가 혼내지 않을 것이란 확신이 들었다. 외삼촌은 퇴근 전이니 얼마든지 속일 수 있다. 마음 넓은 외숙모는 엄마에게 비밀로 해 줄 거란 믿음도 생겨났다. 이렇게 술을 접하고 술 뒤에 숨어서 술의 힘으로 대범한 척, 뻐기는 위선의 삶 속으로 빠져들게 된다.

부모님을 떠나 친척집에 살던 철부지의 순간 일탈은 45년 동안 알코올의 늪에 빠지는 시작점이 된다. '될 대로 되라'고 자포자기하는 기질이 생긴 것도 이 지점일 것이다. 순간의 음주가 시간이 지나면서 중독이 되었다. 조절하지 못하고 거듭되다 보면 중독자가 된다. 하지만 중독이라고 여기지 않았고 중독자라고 추호도 생각하지 않았다.

수십 년이 지나 중독을 인정하고서야 술이 얼마나 나쁜 영향을 끼쳤는지 알게 된다. 무심코 시작된 45년 끈질긴 술과의 악연! 중2, 분별력 없는 열다섯 나이에 이렇게 느닷없이 술과 만났다. 열등감이 뿌리 박혀 있었고 수치심을 벗어나고 싶었다.

어느 심리학자는 열등감이 아주 유치한 데서 비롯된다고 한다. 다른 사람의 눈으로 보기 때문에 자기 성공에 만족하지 못하고 더 높은 수준을 흠모한다고 한다. 아직도 어린아이라서 '별을 따다 달라고 울며 보채는 것'이라고 한다. 열등감은 대인기피 증세를 보인다. 나보다 위치가 높아 넘어설 수 없는 사람이라고 판단하면 그 사람과 익숙해질 때까지 몇 분이 걸린다. 세상을 올바로 보고 행동하는 것과 어른 흉내를 내며 순간적인 충동으로 행하는 것은 아주 판이하다. 무심코 만난 첫술, 철없던 그 날의 일탈은 인생 앞길을 바꾸는 변곡점이 되었다.

청소년은 마음의 성장이 완전히 이루어진 것이 아니다. 계속 성장하는 시기이다. 이때 술을 마시게 되면 알코올의 영향을 평생 받을 수 있다. 게다가 술로 파괴된 뇌세포는 다시 회복되지 않는다. 술을 마시는 청소년이 10년간 절반으로 줄었다고 한다. 하지만 술을 마시는 청소년 열 명 중 4~5명은 음주량이 상당한 '위험 음주자'라고 조사되었다. 이런 청소년들은 한 달에 평균 6일을 술을 마시며 회당 소주 1병 이상을 마신다고 한다. 청소년 음주는 학업성취도의 저하를 가져온다. 폭력, 가출, 절도, 기물파손 같은 문제에 빠지기 쉽다. 시인 괴테는 말했다. "첫 단추를 잘못 끼우면 마지막 단추는 끼울 구멍이 없다"고.

2. 아버지를 여의고

어른이 되면 '청춘은 돈으로 살 수 없다'라는 말을 뼈저리게 공감하게 된다. 허무하게 낭비한 시간이 아깝게 느껴진다. 누구도 살아온 시간을 되돌릴 수 없다. 나이를 먹고 성공을 해도 결핍을 느낀다. 호기심이 왕성한 청소년기에 얻은 지혜는 평생 자양분이 된다. 훗날, 결핍의 감정을 줄일 수 있다.

반짝했던 음주는 멈추어졌다. 원하는 고등학교에 진학했고 소읍에서 버스로 통학했다. 걱정했던 고등학교 성적도 나름 선방하고 있었다. 내가 다섯 살 때, 아버지는 50세로 공직에서 정년퇴직했다. 퇴직 이후 일본 담배회사 국내 지사에 취업했고 주말에만 집에 오셨다. 그 직장도 5년이 지나지 않아 그만두었다. 청주에서 방수페인트 총판, 연탄아궁이 설비업, 곤로 대리점 등 사업에 손을 댔고 손대는 사업마다 망했다.

아버지는 젊은 시절 일본 광산회사에 다녔다. 어머니와 도쿄와 오키나와에서 거주했다. 해방 후에는 아오지 탄광회사에서 경리계장을 했다. 6·25전쟁이 일어나기 직전에 남쪽으로 내려왔다. 공산주의 이데올로기에 빠르게 물들어가는 무섭고 위험한 상황을 피해야 했다. 어머니, 큰형과 걸어서 삼수갑산과 개마고원을 넘었고 함흥에 와서야 열차로 남하했다고 한다.

아버지는 충북 영동군 만석꾼의 둘째 아들이었다. 할아버지는 큰아버지에게 논 400마지기에 보태어 임야와 과수원을, 아버지에게는 80마지기의 논과 밭을 그리고 작은아버지에게는 논 40마지기를 상속했다. 지금도 큰집은 영동군에서 논이 제일 많을 것이다. 큰아버지는 6·25 때 비행기 폭격에 돌아가시고, 작은아버지는 두 딸을 남기고 전사했다. 고모도 계셨는데 전쟁에서 일본이 패하며 사할린이 소련 영토로 귀속되는 바람에 고국으로 돌아오지 못했다. 아버지는 박한 공무원 봉급에 물려받은 논을 팔아가며 6남매를 대학 이상 가르쳤다. 나와 큰누나만 학사이고 모두 석, 박사다. 교육열은 부모님 두 분이 대단하셨다. 중학교 때 집에 가면 사업에 망한 아버지가 마루에서 목침을 베고 일본 잡지를 읽으시던 모습이 눈에 선하다. 많은 것을 잃고 절망하며 야윈 모습이었지만 어린 나는 눈치챌 수 없었다.

아버지도 술을 좋아하셨다. 내가 어릴 때는 자전거에 나를 태우고 읍내를 지나가다 대폿집에 들르곤 했다. 쪼그려 앉아서 술자리가 끝나기를 기다렸다. 주모의 손을 만지던 아버지를 원망했지만 어머니께 말하지는 않았다. 그리고 월급날이면 술을 드시고 들어와 봉급봉투에 돈이 모자란다고 고함치는 어머니와 대판 싸우셨다. 어쩔 땐 스테인리스 대야가 마루와 마당으로 내던져졌다. 기세등등한 어머니도 싸움에서 밀리지 않았다. 나는 콩닥콩닥 뛰는 가슴으로 형, 누나와 사랑방에서 숨죽이고 싸움이 잠잠해질 때를 기다렸다. 아마도 아버지는 외상 술값을 갚고 나머지를 어머니께 주었을 것이다.

고1이던 79년, 부모님과 셋이 점심식사를 하고 있었다. 전화가 걸려 왔다. 아버지는 돈을 꾸어 간 일가친척에게 돈을 갚으라고 고함치셨다. 그러다 수화기를 놓치며 뒤로 넘어졌고 그걸로 끝이었다. 뇌출혈이었다. 까무러치게 놀라 뛰쳐나갔고 택시를 잡아 읍내 하나뿐인 의원에 갔다. 빨리 큰 병원으로 가라는 늙은 의사의 권유에 청주에 있는 병원에 갔다. 가는 도중에 아버지의 몸은 싸늘하게 식어 갔다. 부둥켜안고 있는 내내 하염없이 눈물이 흘렀다. 의사는 돌아가신 분을 왜 모시고 왔냐고… 그걸로 끝이었다. 그렇게 아버지는 유언도 없이 돌아가셨다.

집에서 5일 상을 치르고 100일간 사랑방에 빈소를 차렸다. 매일 쌀밥과 과일을 올리고 양초를 갈아 끼우며 빈소 바닥에서 잤다. 하교하면 새끼줄 두른 삼베옷에 두건, 지팡이를 들고 절을 올리고 '곡'을 했다. 슬펐고 그리웠다. 막내에게 뒷배가 되어 주던 아버지를 잃고 나니 모든 게 두려워졌다. 살아갈 용기가 나지 않았다. 성격은 염세적으로 변해 갔다. 세상을 냉소적으로 보게 되었다. 돌아가신 후 차용증을 들고 찾아오는 막무가내 채권자에게서 어머니를 지켜내야 한다는 의무감이 삶의 이유가 되어갔다.

고등학교 공납금도 못 내 서무과 복도에 손을 들고 벌을 섰다. 바로 위의 형은 서울에 있는 대학 4학년이었는데 어렵게 졸업을 했고, 서울에서 대학 1학년이었던 누나는 자퇴를 했다. 큰형은 독일 유학 중이었고, 큰 누나는 출가외인이었다. 갑자기 가장이 된 둘째 형은 육사를 나온 만 26살 육군 중위였다. 빚잔치를 슬기롭게 해내기에는 세상 물정을 너무 몰랐다.

우리 집은 나라에서 권장해 지은 '새마을 주택'을 아홉 채나 가지고 있었다. 변두리에 논도 2천 평이 있었다. 우리가 살던 집도 있었다. 제법 많은 재산으로도 깔끔하게 빚 정리를 하지 못했다. 이후 10년이 넘도록 우리 4형제는 남은 찌꺼기 빚을 떠안고 모두 갚아 나가게 된다.

아버지를 여의고 담배를 배웠다. 친구들과 어울려 술도 마셨다. 술자리는 즐거웠다. 아버지의 부재가 이런 일탈을 더 자유롭게 해 주었다. 야생마 같이 변해 갔다. 거침없이 행동했다. 하고 싶은 대로 해도 누가 말리지 않았다. 동아리 모임에서 만난 친구들과 중국집 뒷방에서 값싼 안주에 술을 마셨다. 시골 동네를 떼로 몰려다니며 술을 마셨다. 여학생들과 미팅을 하며 밤새 술을 마셨다. 음악다방 죽돌이가 되었다. 제과점에서 냄비우동과 단팥빵으로 여고생들을 꼬셔댔다. 미팅 팀을 만들고 매주 미팅 약속을 만들었다. 동경하는 세상 속으로, 원하는 술의 나락으로, 디스코 춤판으로 빠져들어 갔다.

아버지는 늘그막에 얻은 아들을 귀여워 해 주고 같은 이불 속에 안고 주무셨다. 잠들기 전에 매일 손바닥에 한문 한 글자씩을 가르쳐 주셨다. 아버지를 여의면서 생기를 잃었고 흥미진진한 술, 담배, 여자에 빠져들었다. 하늘이 무너지는 슬픔을 술로 잊으려고 했다. 점점 자신감을 잃어갔고 미래에 대한 막연한 두려움에 악몽을 꾸었다. 가위에 눌려 가며 잠이 들었다.

술은 어린 양의 죽마고우가 되었다. 술을 마셔야 주름잡을 수 있고 남을 통제할 수 있게 되었다. 술을 마실 줄 알아야 사나이라고 여겼다. 술로는 누구에게도 밀리지 않는다고 생각했다. 그렇게 시나브로 술의 노예가 되어가고 있었다. 술이 내 삶 깊이 가슴속으로 들어오고 있었다.

　누구에게나 이번 생은 처음이다. 누구나 서툴다. 우왕좌왕 살아오면서도 멘토가 생겼다. 멘토는 그릇의 크기가 크고 아우라가 있다. 어려운 인생 고비에서 달빛이 되고 길잡이가 되어 주었다. 아버지를 여의고 집이 파산했던 그 당시에는 멘토가 없었다. 갈 길 몰라 허둥댔다. 소중한 시간을 공부보다 술과 유흥에 빠져 소비하고 말았다. 그 순간들이 인생 전부를 바꾸어 놓았다. 완전히 다른 인생길에 접어든 것이다. 타임머신이 있어 '백 투 더 퓨처'가 가능하다면 고등학교 1학년으로 되돌아가고 싶다. 좌회전해서 살아왔기에 이번에는 무슨 일이 있어도 우회전을 할 것이다.

3. 수줍음을 감추고

수줍음을 극복하려면 첫째, 다른 사람과 교제를 잘해야 한다. 둘째, 남 앞에 나서는 데 두려워하지 않아야 한다. 셋째, 남에게 상냥하고 기분 좋게 대해야 한다. 넷째, 시선은 상대와 같은 높이로, 부드럽고 따뜻한 표정으로 대해야 한다. 다섯째, 칭찬의 말이나 감사한 마음을 잘 표현해야 한다.

어릴 적부터 수줍음 많고 낯가림이 심했다. 특히, 범접할 수 없었던 큰외삼촌댁은 부러움의 대상이었다. 사촌들과 비교하며 주눅 들었다. 공직자 관사에서 정구장을 처음 봤고, 수세식 변기도 처음 봤다. 카메라가 3대나 있는 것도 처음이고, 이층집도 처음이었다. 방학에 놀러 가면 그 집 식구들이 부럽고 못 오를 나무처럼 오그라들었다. 세련된 의상과 처음 앉아보는 소파도 갖고 싶었다. 귤을 처음으로 맛보았다.

그 집 식구 누구든 만나면 처음에 눈을 잘 마주치지 못하고 가슴이 벌렁거렸다. 이런 현상은 다른 때에도 있었는데 상대방이 넘어설 수 없는 수준이라고 판단되면 주눅 들었다. 편안하지 않은 상황이라고 판단되면 가장 안전한 방법을 찾고 딱 그만큼의 반경 안에서만 말하고 행동했다. 그렇게 나약하지 않은 척 연기했다.

전학 전인 초등학교 5학년까지 읍 소재지 학교에 다녔는데 엄마가 자모 회장을 했다. 학교에 자주 오셨고, 어떨 때는 교장실로 불렀다. 소풍이나 운동회 때 선생님들 도시락까지 여러 개를 싸서 갔고, 선생님들 틈에 앉아 엄마와 도시락을 먹어야 했다. 다른 친구들의 달갑지 않은 시선이 뒤통수에 느껴져 부끄러웠다. 엄마가 수학여행에 따라올 때도 창피함의 연속이었다. 마흔 하나에 나를 낳은 주름 패인 늙은 엄마가 오는 게 부끄러웠다. 이렇게, 비교하고 내가 열세라고 여겨지면 늘 감추고 싶어 했다. 일종의 결핍장애였다.

초등학교 때, 대학생인 큰형이 플라스틱 장총 장난감을 사다준 적이 있다. 총구가 2개이고 접을 수도 있었다. 아래로 반을 꺾어 탄환을 2개 넣고 발사했다. 그건 읍내에 하나뿐인 나만의 과시 거리가 되었다. 큰외숙모님이 주신 중고 '아사히 펜탁스' 카메라와 9살 때 아버지가 사주신 검정색 스케이트도 어깨를 펴게 하는 나만의 보물이었다. 빨간색 두 줄이 양쪽에 있는 국방색의 체육사 맞춤 트레이닝 옷도 팔자걸음을 걷게 해주었다.

학교에 갈 때 고무신이 아닌 운동화를 신고 갔다. 무릎까지 올라오는 하얀 스타킹, 블루진 반바지에 만화 시계를 차고 등교하는 모습은 유아독존의 절대자로 보일 거라고 생각했다. 가난했던 시절이라 미술 준비물인 크레용을 반에서 두어 명만 준비해 왔다. 48색 크레파스를 책상에 펼치고 맘에 드는 친구만 빌려주었다. 속에 감추어둔 과시욕을 드러냈다. 과시라는 탈속에 감춘 수줍음과 창피함은 예순이 된 지금도 내면에 그대로 있다. 살아오면서 작아졌을까? 아니, 잘 갈무리 되어있을 뿐 크기는 그대로이다. 오히려 살면서 저지른 참회해야 할 일들이 켜켜이 쌓여 있다. 드러내지 않고 들키지 않게 혼자만의 비밀로 내면에 감추어두고 있다.

고2 때부터 본격적으로 술을 마시면서 술 몇 잔만 마셔도 이런 수줍음이 없어지고 오히려 대범해지는 것을 알게 된다. 술은 위대했다. 기분도 좋아지고 자신감도 생기며 다른 사람에게 호감을 심어 줄 수도 있었다. 그뿐 아니라 사람들을 휘어잡아 무리의 대장이 되어 주름 잡을 수도 있었다. 신세계를 경험했다. 주눅 들던 그런 걱정은 이제 끝이다. 소주 몇 잔이면 뭐든지 할 수 있다. 뿌리에 박힌 불안을 지울 수 있다는 안도감이 생겼다. 여러 사람 앞에서 발표할 때, 선생님이나 많은 사람 앞에서도 몸을 곧추세우고 허리를 펼 수 있었다. 술만 있으면 의견을 주장할 수 있었다.

초등학교 부반장 이후 나한테 맡겨질까 밀어내며 도망치던 감투도 술의 힘으로 맡아보았다. 그렇게 서서히 나는 주도적인 사람인양 보스 근성을 내보이게 되었다. 술은 내게 찾아온 선물이었다. 아버지 없는 후레자식이라고 놀렸던 녀석도 찾아가 흠씬 패주었다. 아버지의 임종을 부른 통화 대상이었던 먼 친척 채무자도 나이 불문하고 묵사발로 패주었다. 동네 패싸움에서 도망치지 않고 어울리게 되었다. 조잡해서 내보이기 부끄러웠던 詩를 문화원화랑에 전시하고 합평회도 하게 되었다. 자신감을 얻었고 시간이 갈수록 교만으로 변질되어 갔다.

안에 숨겨 놓은 과시욕이 발톱을 드러내고 있었다. 무시당하고 억울하고 분통 터지는 일 생길 때마다 주눅 들고 고개 숙였다. 그런 내 모습이 싫었다. 술을 마시면 달라졌다. 내 것을 탐하면 가만두지 않았고, 자존심을 건드리면 바로 싸웠다. 속이 시원했다. '술김에' 하는 말과 행동 모두가 달라진 내 모습이라고 착각하고 있었다. 술은 나를 포근하게 감싸 주었다. 나약한 나를 품어주는 엄마 같은 존재가 되고 있었다. 돌아가신 아버지를 대신해 든든한 뒷배가 되어주었다.

한 세월이 지나서야 알게 된다. 술의 순기능은 이미 잊었고 머릿속이 온통 술 생각에 꽂혀있는 중독 세상을. 중독자가 아니더라도 술 앞에서는 겸손해야 한다. 술을 마시면 말이 많아진다. 목소리가 커지고 남을 탓하고 변명한다. 세상도 탓하고 자신만 억울하다고 푸념한다. 술기운에 거짓말을 서슴없이 하기도 한다. 작은 시비에도 분노하고 호전적으로 변한다. 한잔 술은 기분을 좋게 해주고 사람들과 관계를 증진시키기도 한다. '과유불급'이라고 두 잔, 석 잔이 들어가면 실수를 한다. 어떤 경우에는 돌이킬 수 없는 실수를 하기도 한다.

술을 마셔온 45년, 이렇게 겪어 왔고 실수를 거듭하며 살아왔다. 술 앞에서 까불다가는 신세 망친다. 실수투성이 중독자는 신을 모시듯, 조상 섬기듯 술을 대해야 한다. 우스갯소리로 알코올중독은 죽어서도 못 고치는 병이라고 한다. 죽어서도 제사상에서 술을 받아먹는다고. 중독은 무서운 병이다. 애주가와 중독자의 차이는 백지장 한 장 차이에서 시작한다. 그 경계를 중독자는 안다. 대부분 중독자가 된 후에야 경계를 알아차리게 된다. 때가 늦은 것이다.

당신이 아직 중독자가 아니라면, 경계를 넘지 말아야 한다. 특히, 수줍음을 감추려고 술을 도구로 삼지 않아야 한다. 염치없거나 부끄럽다고 그때마다 술의 힘을 빌릴 수는 없다. 반드시 상담이나 의사의 처방으로 수줍음을 극복해야 한다.

4. 주사가 생기다

"술은 어른에게 배워야 한다!"

특히 부모님께 배우는 것을 추천한다. 첫 술자리에서 올바른 술버릇과 예절을 익히면 그 습관이 평생 유지되기 쉽다. 술은 말초신경을 자극해서 평상시와 다르게 말하고 행동하게 한다. 적개심을 키우고 분노를 끓어 넘치게 한다. 생화학적으로 몸에 영향을 주어 폭행, 살인의 원인이 되기도 한다. 남용하면 이렇게 무서운 물질이니 반드시 어른 앞에서 조심스럽게 음주 예의를 배우는 게 중요하다.

중2, 시험성적 때문에 친구와 술을 마셨으니 이미 어른에게 차분히 예법을 배울 기회를 잃었다. 3년 후 다시 마시기 시작한 때에도 주로 친구와 마셨기에 술에 취하면 감정을 서슴없이 드러냈다. 아버지를 여의고 집안이 파산한 어이없는 현실을 푸념했다. 술기운을 빌어 친구에게 위안받고자 스스로 연민의 감정을 만들었다.

주변 사람들이나 친척의 냉대에 술의 힘을 빌려 '두고 보자'며 결기를 세우고 분노를 달랬다. 아우성치는 채권자 틈 속에 어머니와 나만 남기고 서울로 올라간 형을 원망했다. 불행해서 어쩔 수 없이 술을 마신다고 정당화했다. 죄 없는 친구에게 항상 신세를 푸념하는 나쁜 술버릇을 가지게 되었다. 패거리로 싸우기도 했다. 청주 본정통(지금의 성안길)을 고함치며 헤집고 다녔다. 껄렁대는 애들과 마주치면 반

갑다고 한잔, 오랜만에 친구와 마주치면 또 한 잔. 고등학생이 숨어 마시기 좋은 중국집 뒷방에 모여 친구들과 술을 마시며 괴롭고 억울하다며 했던 말을 거듭했다.

'술 먹으면 개'라는 말 그대로 주사가 심해졌다. 남을 때린 적도 있다. 얼마 전 명상을 다녀왔는데, 거기에서 과거에 남을 해친 사건을 '용서하기 프로그램'으로 다루는 연습이 있었다. 술을 먹고 후배들에게 일명 '줄빠따'라고 몽둥이로 때린 일을 참회하고 용서를 구했다. 연락이 닿는 사람은 전화나 문자메시지로, 연락처를 모르는 대부분의 사람에게는 마음속에서 그 사람을 떠올리며 용서를 구했다. 아무 이유도 없이 모임 후배들을 '엎드려뻗쳐' 해놓고 엉덩이를 때렸다. 이것은 범죄이다. 용서받기 힘든 행동이다.

40년이 지난 일이지만 간혹 이 기억이 떠올라 괴롭다. 군대를 다녀오고 복학한 20대 중반부터 술에 취해 남을 때린 적은 없다. 물건을 부수거나 그런 적도 없다. 하지만 언어로는 폭력적이었다. 특히 만만한 사람, 가까운 사람에게 말로 상처를 주었다. 욕하고 비난하고 공격했다. 특히 아내에게 말로 가한 상처는 용서받기 어려울 정도이다. 만만하고 가까운 사람들에게 절망과 원망을 뒤집어씌웠다.

결혼하기 전에는 어머니께, 결혼 후에는 아내에게 그리고 회사 동료에게… 지하철, 택시에서 휴대폰, 안경을 잃어버리고 지갑을 소매치기당하며 자주 정신을 잃었다. 술에 취해 넘어져서 옷이 찢어지거나 살갗이 까지고 벤치에서 꼬꾸라져 졸기도 했다. 아파트 복도가 안방인 듯 구두를 벗고 겉옷을 곱게 개어 놓고 그 옆에서 똬리를 틀고 잔 적도 있다. 지하철에서 잠이 들어 기지창까지 간 적도 있다. 역무원이 흔들어 깨웠고 돌아오는 길에 버스는 끊기고 지갑을 소매치기당해 택시비 없어 걸어 온 적도 있다.

천안역에 내려야 하는데 잠이 들어 역을 막 출발하는 열차에서 헐레벌떡 뛰어내려 철도 공안에 잡힌 적도 있다. 뛰어내리다 넘어져서 양복이 찢기고 팔뚝에 피가 났다. 천안역을 지나쳐 조치원역에서 내렸다가 도로 상행선을 탔는데 또 잠이 들어 천안에서 못 내리고 서울역으로 되돌아와 어쩔 수 없이 새벽 출근을 한 적도 있다.

이런 술 주사는 오늘이라도 다시 술을 마신다면 여지없이 나올 것이다. 술은 늘 정신을 마비시켜 원점으로 돌아가게 한다. 온갖 주사를 벌인 다음날이면 극심한 수치심을 느꼈다. 스스로를 자책했다. 기억조차 나지 않을 때는 전날 술자리를 같이 한 사람들 눈치를 보며 잃은 기억을 탐색하고 추리하느라 조마조마했다.

한 번 블랙아웃을 경험한 후에는 수시로 블랙아웃이 나타났다. 왜, 남 탓만 했을까? 술은 위로는커녕 삶을 더 꼬아 처참하게 만든다는 걸 안다. 주사를 부리고 다음날 후회하다가 저녁 퇴근 시간이 다가오면 또 마시고 싶어 안달이 난다. 동기나 친구에게 술 먹자고 전화를 한다. 약속이 잡히면 속으로 쾌재를 부른다. 그렇게 매일매일 똑같은 일상이 거듭되었고 중독의 길로 접어들게 되었다. 그 결과는 뻔했다. 잘 못 배운 술버릇은 인생을 망치는 흉기가 된다. 그 흉기로 가장 소중한 사람에게 상처를 주게 된다.

주사의 유형은 크게 세 가지로 나눌 수 있다. 첫째, 술에 취하면 성격과 행동이 바뀌는 사람이 있다. 얌전했던 사람이 괴팍해진다든지,

욕을 하거나 화를 내고 평소와 다르게 행동한다. 폭력적으로 변하거나 기물을 부수는 사람은 이미 대뇌변연계의 해마가 망가진 것이다. 해마가 약한 사람들은 본능적인 행동을 많이한다. 둘째, 술에 취하면 잠을 자는 사람이 있다. 잠을 자니 다행이라고 생각할 수 있지만 오산이다. 아무데서나 잠을 자고 주변 사람들에게 민폐를 끼치게 된다. 셋째는 술에 취해 마음에 있는 감정을 서슴없이 표현하는 사람이다. 평소에 마음속에 숨기고 있었지만 취해서 '술 뇌'가 된 나머지 주체할 수 없다. '술 뇌'가 되면 이성적으로 판단할 수 없고 통제하지 못한다. 취중진담이라는 말이 있다. 술을 마셨을 때 모습은 이미 본모습이 아니다. 술이 깬 후 무슨 말과 행동을 했는지 몰라 불안해 한 적이 많다. 기억이 없어 실수한 게 없는지 살피고 추측한다. 이때의 초조감과 자괴감은 경험해 본 사람만이 안다.

중독이 아니라면 적당히 마셔도 좋다. 이것을 '사회적 음주'라고 한다. 하지만 술을 마시고 남에게 어떤 식으로든 피해를 준다면 그 시점에 술을 끊어야 한다. 중독의 문턱에서 멈추어야 한다. 당신이 현명하다면. 자신을 학대하고 남을 비난하는 술주정뱅이가 되지 않기를 바란다. "술을 마시는 사람과 알코올중독자의 차이는 다음과 같다. 비유하자면, 하나는 그냥 책을 읽는 것이고 다른 하나는 하루를 버티기 위해 책이 필요한 것이다." 게일 캐리거의 말이다.

5. 군대와 술

"덥다 덥다 하지마라. 여름에는 원래 덥다. 춥다 춥다 하지마라. 겨울에는 원래 춥다. 노답 노답 거리지 마라. 군대는 원래 노답이다." 답이 없는 데서 답을 찾지 말라는 말이다. 전역만이 답이라는 거다. 한국 남자에게 병역 문제는 고민이자 골칫거리이다.

14개월, '방위병으로 가면 좋겠다.' '읍사무소에서 근무했으면 더 좋겠다.'라고 소망했다. 신체검사 결과 1급 갑 현역입영대상으로 판정받았다. 사병으로 가고 싶지 않았다. 이럴 줄 알았으면 ROTC를 할 걸! 후회했다. 졸업 후 학사장교로 가야겠다고 작정했다. 하지만 4학년이 되면서 입대해야 했다. 학비를 도와주는 큰형도, 경제 능력이 없는 어머니도 고단해 보였다. 높은 학점 받으려고 벼락치기 공부를 했다. 학비 일부라도 장학금을 받아 충당하려고 노력했다. 4학년 1학기, 처음으로 장학금을 받지 못했다. 큰형은 어렵사리 등록금을 대주셨고 휴학 후 입대를 권했다.

입대가 결정되었다. 알바를 시작했다. 아버지가 남긴 빚을 조금이라도 갚아주고 입대하고 싶었다. 세 형이 힘을 모아 갚는데 미력이나마 동참하고 싶었다. 악착같은 근성이 있던 나는 신림동 신문사 지국에서 먹고 자며 입대 1주일 전까지 알바를 했다. 배달도 하고 구역 관리, 수금도 했다. 신문을 구독하라고 대문짝을 두드렸다. 총무라는 직위였다. 조금이지만 모은 돈을 어머니께 드리고 85년 가을 도살장 끌려가는 심정으로 논산훈련소로 입대했다. 당시 의무복무기간은 33개월이었다. 나는 대학 1~2학년 교련과목 이수와 1년에 1주일씩 입영훈련을 받아 3개월을 면제받았다.

30개월을 복무했다. 대공포 포병으로 서울 북쪽 벽제, 일영, 고양리, 송추의 산꼭대기 진지에서 복무했다. 진지 생활은 현역이 9명에 불과했다. 소대장을 빼면 사병은 8명이었다. 가족 같은 분위기지만 가끔 구타가 있었다. 그래도 일과는 편했다. 4개월을 진지에서 있다가 포대본부에서 두 달간 교육을 받고 다른 진지로 4개월 배치받는 쳇바퀴 도는 생활이었다. 포대본부에서 교육받을 때는 육체적, 정신적으로 많이 힘들었다. 그야말로 2달을 빡세게 구르다 4달간 산속에서 빈둥빈둥거리며 군기가 빠질 대로 빠져서 본부로 되돌아오는 반복 일정이었다.

2달간의 본부 생활에서는 엄두도 안 나는 이야기지만 진지에서는 술을 거의 매일 마셨다. 낮에 취사를 담당하는 방위병이 오고 밤에 현역병과 보초를 서는 방위병 둘이 출근한다. 주간 방위는 매일, 야간 방위는 격일로 출근한다. 밤에 오는 방위병은 눈치 있게 행동해야 군 생활이 편해진다. "저기, 제가 라면과 소주를 진입로에 숨겨놓았어요." 처음에는 머뭇거리다가 나의 일탈이 잦아지면 당당하게 말한다. "그래? 빨리 끓여서 가지고 와!" 그가 연탄 화덕에서 라면을 끓여오면 소주와 곁들여 마셨다. 방위병은 포위에 근무를 세우고 비바람을 피해 포가 탑재된 GMC차량 밑, 탄약고 앞에서 마셨다. 주 임무인 대공방어는 대충이고 순찰차가 오는지 산 아래 진입로를 잘 보라고 엄포를 놓는다. 밤에 2시간을 근무 서고 잠을 잔다. 방위병은 2교대로 6시간~8시간을 보초를 서고 퇴근한다.

밤마다 준비해온 술을 몰래 마셨다. 근무를 마치고 작은 내무반에서 소대장까지 같이 잤지만 술 냄새가 나도 누구나 묵인했다. 술을 준비해오지 않으면 '원산폭격' 등 얼차려를 주거나 2시간 내내 쥐어박는 장난을 치곤 했다. 두 시간 동안 구박과 기합받는 걸 피해 그들은 술과 라면을 상납해야 했다. 포대장이 순찰을 와서 걸린 적도 있지만 대부분은 2홉들이 1병만 마셔서 입을 앙다물면 냄새가 나지 않아 걸리지 않았다. 설사, 걸려도 포대장은 나를 징계하지 않았다.

'전술예규' 암기와 '항공기식별' 등 경진대회에 포대 대표로 나가면 늘 입상해 부대의 위상을 높이는 나를 편애했다. 타고난 암기력으로 반은 먹고 들어갔다. 다행히 제대할 때까지 나보다 암기를 잘하는 신병은 들어오지 않았다. 교육소대로 편성되어 포대본부로 내려오면 포대장이 승인한 회식에 막걸리를 나누어 먹거나 특별한 날이 아니면 술을 먹기 어려웠다. 병장이 되어서도 마찬가지였다. 제대 말년이 되어서야 동기인 내무반장과 그의 작은 방에서 들키지 않게 조금씩 술을 먹을 수 있었다.

휴가나 외박을 나오면 학교에 가서 친구, 선후배와 술자리를 만들어 낮부터 마셨다. 그들이 강의에 들어가는 걸 방해했고 만류했다. 취해 몸을 흐느적대면서도 날이 저물면 패거리를 만들어 번화한 거리로 나갔다. 취해서 친구 집이든, 여관이든 아무데서나 자고 느지막이 일어나 전날과 똑같은 일과를 보냈다. 고향 친구들도 찾아가 함께 마셨다. 중독자는 아니지만 타고난 술꾼이라고 생각했다. 부끄럽기는커녕, 주량이 세다고 자랑하곤 했다. 어떤 술자리도 마다하지 않았다, 친구와 객기로 모르는 사람 결혼피로연에 가서 한상차림을 먹기도 했다. 시골 친구 마을회관에서 노인들 틈에 끼어 공손하게 마시기도 했다. 언제나 휴가 나오면 귀대 전날까지 줄기차게 마셨다.

고 2 때부터 거침없는 음주를 거듭해 왔고 누가 말리거나 통제하지 않았다. 어머니는 술 마신 다음날 설탕물을 타주었고, 친구를 데려오면 밥상을 차려 주었다. 대학생이 되니 더 자유롭게 술자리에 끼었고 당구로 술내기를 했다. MT를 가면 술자리가 파할 때까지 '부어라 마셔라' 했다. 그나마 군대는 통제 사회이었기에 야간근무 때만 몰래 마시는 음주가 거듭됐다. 스릴도 있었지만 늘 불안했다. 대대장 불시 순찰에 걸리면 영락없이 군기교육대 입소 대상이었다. 군대에서도 음주가 생활화되었다. 죄책감 없이 패거리가 만들어졌다. 계급을 떠나 사나이는 술을 마셔야 한다고 우겨댔다.

군대에서의 음주는 진지생활 4달간 매일 소주 2홉 1병, 교육소대로 포대 복귀 2달간 간헐적 음주, 그리고 다른 진지로 가서 다시 소주 1병 음주 이러한 패턴이 반복되었다. 술은 멈춤 없이 군대 30개월 동안에도 나에게 녹아들었다. 양심의 가책 없이 몰래 술을 마셔댔고, 억눌리고 참아야 했던 자유를 휴가 기간 내내 발산했다. 광란했고 폭음했으며 주정을 부렸다.

불과 몇 년 전에야 알코올중독자임을 받아들였지만 되짚어 보면 학생 때부터 중독자였다. 지금도 남의 충고나 아내의 말을 잘 듣지 않는다. 네가 뭔데 잔소리냐고 일축하고 잘라버린다. '감히 나에게' 이런 식으로 반응하기 일쑤다. 다른 한편에서는 나를 감추고 드러내 놓는 것을 부끄러워한다. 보잘것없는 사람이라고 놀림 받고 싶지 않다. 술은 숨기 좋아하는 사람들의 안식처이다. 아무도 알지 못하는 아지트이다. 하지만 거기에 자주 머무르고 기대면 고립된다. 누구와도 정당한 관계를 맺기가 쉽지 않다. 늘 투정을 부리고 남 탓을 한다. "술은 지금도 친구인가?" 내게 술은 더 이상 친구가 아니다. 다시 가까이하면 모든 것을 잃고 말 것이다. 오래 사랑했지만 헤어져야 할 옛 여인 같은 존재다.

6. 술과 함께 시작된 사회생활

직업을 갖고 규칙적인 수입이 생기면서 번듯한 어른이 되었다고 생각했다. 회사에서의 일을 노동으로 생각했고 급여는 당연한 보상이라고 여겼다. 일을 즐겁게 하기보다 의무라고 생각했다. 그러면서도 입사 동기들, 부서 직원들 보다 일 잘한다는 평가를 받고 싶었다. 열심히 일했고 창의성을 발휘해 업무를 기획했다. 그 결과 남보다 빠른 승진을 할 수 있었다.

복학 후에도 생활은 궁핍했다. 독서실에서 생활했다. 1인용 책상 아래서 쪽잠을 자고 500원 식권으로 독서실 1층 식당에서 백반을 먹었다. 점심은 학교 구내식당에서 먹었다. 자장면 350원, 볶음밥 500원이었다. 고단했지만 그 1년은 인생에서 가장 열심히 공부한 시기였다. 취업이 급했고 돈을 빨리 그리고 많이 벌어야 했다. 급여가 센 직장이 선호도 1순위였다. 공부가 급선무였기에 술은 최대한 자제했다. 한 달에 한두 번 정도로 억제했다. 당구도 일절 끊고 공부에만 집중했다.

첫 직장은 신문사였다. 취재국이나 편집국을 원했는데 광고국으로 배치되었다. 바로 퇴사하고 학교에서 다시 원서를 받았다. 졸업을 두 달 앞둔 88년 말 보험회사에 취업했다. 마케팅 기획을 담당하는 부서에 발령받았다. 입사 동기가 34명 있었는데 몇몇 동기와 술 패가 만들어졌다. 퇴근 전 어김없이 약속을 한다. 얼마 후부터는 퇴근하면 자동으로 호프집에 모였다. 회사에서 야간대학원을 보내 주었다. 학비는 물론 퇴근 시간도 배려해 주었다. 한 학기를 다녔다. 어렵게 얻은 기회였지만 퇴근 후 술을 마시는 기쁨을 앗아 갔다. 고민 끝에 자퇴를 했다. 한 학기 등록금을 회사에 반납해야 했다. 이때부터 자유롭게 부서 선배들, 동기들과 많은 술 모임에 꼬박꼬박 나가 술을 마셨다.

92년 지방근무를 자청했다. 지방근무를 하면 사택을 지원해 주었다. 땡전 한 푼 없이 결혼해야 했는데 주거가 해결되니 큰 힘이 되었다. 31살에 6살 연하의 아내와 결혼했다. 중매였다. 아내는 속았다. 내가 술을 좋아하지만 그렇게 심각한 줄은 몰랐다고 한다. 사택도 전세인 줄 알았다고. 아내는 눈에 콩깍지가 끼어 있었다. 딸아이가 태어나면서 아내는 교사를 그만두고 전업주부가 되었다. 6년 후 아이들이 초등학교에 입학할 즈음 임용고사를 통해 다시 선생님이 되었다. 발령받은 강원도가 제2의 고향이 되었다.

2002년 M&A로 회사가 흡수합병 되었다. 당시 강원도 책임자로 근무하고 있었다. 고용승계를 포기하고 사업을 하기로 결정했다. 아내가 '철밥통' 공무원이라는 든든함이 있었다. 돈을 들이지 않고 도전해 보기로 했다. 2~3년 도전해 볼 계획이었다. 50만 원으로 중고집기와 에어컨을 샀다. 사무실을 무상으로 구했고 다니던 회사에서 직원 2명을 고용했다.

마흔 살, 아직 젊고 시간이 많다. 제2의 인생도전이라 여기고 과감하게 멍석을 깔았다. 2년 동안 전국을 누비며 지점장을 구하고 사무실을 오픈했다. 2004년에는 서울과 수도권에도 진출했다. 모든 지점을 직영으로 하였다. 열정적으로 일했고 술은 최대한 자제했다. 2009년, 매출은 수십 배가 되었고, 사업은 날로 번창했다.

2010년 처음으로 금전사기를 당했다. 그 후 10년간 먹튀 사고와 돈을 빌려주고 못 받는 일이 연거푸 일어났다. 백 명이 넘는 사람들에게 수십억을 뜯겼고 몇몇은 교도소에도 보냈다. 고발과 소송이 많아졌다. 비용을 아끼지 않고 모질게 응징했다. 인간적 배신에 분개했고 적개심으로 몸서리치는 나날이었다. 술에 빠져들었다. 한 달에 20일은 술을 마셨다. 술은 억울한 나를 위로하는 감초가 되었다. 중독으로 최악의 상황을 맞을 때까지 술이 고통을 잊게 해 준다고 믿었다. 마음을 위안하는 술의 존재는 고마웠다. 중독이 몸과 마음 깊이 뿌리 내렸다. 언제부터인가 점심식사와 함께 반주로 술을 겸하게 되었다. 식사주문에 기본으로 따라붙었다. 낮술을 먹어도 나를 말리거나 꾸짖는 사람이 없었다.

2009년 전문경영인을 고용한 이후 술을 마실 넉넉한 시간을 얻었다. 밀린 일에서도 조금씩 해방되었다. 낮에 술을 먹고 오후에 집으로 들어와 잠을 자거나 TV를 봤다. 어느 날은 퇴근한 직원을 불러내어 술을 마시기도 했다. 낮술을 하였어도 알코올중독자로 생각하지 않았다. 꽤 좋아하는 정도라고 여겼다. 나는 비싼 술은 마시지 않는다. 접대부가 있는 술집도 가지 않는다.

과거 회사에 다닐 때나 남과 어울릴 때 접대부가 있는 술집에 갔었지만 여자보다는 술 마시는 자체의 즐거움이 컸다. 접대여성이 술과 안주를 먹는 것이 아까웠다. 접대부 손도 잡지 않는데 팁 챙기고 술, 안주를 먹는 게 볼썽사납다고 생각했다. 나는 이 중독 아니다. 노숙자처럼 무기력한 사람도 아니고 폭력을 행하는 인간도 아니다. 술만 깨면 정상인이며 아직도 똑똑한 선택과 결정을 한다. 경제적으로 탄탄해서 가족 부양도 흠잡을 데가 없다. 이렇게 위안하다가도 많이 마시고 남에게 실수한 다음날이면 전날의 일이 죄악처럼 느껴졌다. 염치가 없어지고 후회의 마음이 꿈틀댔다. 수치심이 밀려 왔다. 양가감정 속에서 오락가락하고 있었다.

뼛속까지 알코올의 기운을 느껴야 기분이 좋았다. 나는 특이해서 피가 반이고 술이 반이 아닐까? 라는 생각도 했다. 술을 멈추고 싶었지만 되지 않았다. 점점 더 술의 구렁으로 빠져들었다. 아마, 술만 아니었다면 더 큰 성공과 부를 이루었을 거라고 생각한다. 그럼에도 불구하고 술을 멈출 수 없었다. 악마의 발톱을 드러내고 있었다. 마구니가 되어 하루 종일 술 마시고 싶다는 갈망감에 시달렸다. 여느 중독자처럼 술에게 영혼을 빼앗기고 있었다. 술의 노예가 되어 가고 있었다.

불교 경전에 '안수정등(岸樹井藤)'이란 우화가 나온다. 망망한 광야에서 코끼리에 쫓기며 달아난다. 급한 나머지 등나무 줄기를 잡고 우물 속으로 들어갔는데 바닥에 독사가 우글거린다. 위를 보니 쥐가 등나무 줄기를 갉아 먹고 있다. 위험천만한 순간, 덩굴 위 벌집에서 꿀이 떨어져 받아먹는다는 이야기이다. 달콤한 꿀 맛에 빠져 참된 인생길을 보지 못하는 어리석음을 비유하는 말이다. 중독으로 자기 삶을 관리하지 못하는 사람들은 꿀 같은 술맛에 빠진 것이다. 어리석게도 참된 인생길을 잃어가는 것이다. 나중에 반드시 진퇴양난이 되고야 만다.

7. 두 번의 면허취소

음주운전은 살인행위이다. 칼을 들고 '묻지 마 범죄'를 저지르는 것과 같다. 음주사고 피해자와 묻지 마 범죄의 피해자 둘 다 이유 없이 해코지당하는 것이다. 음주사고로 타인을 사망하게 하거나 상해를 입히게 되면 본인만 패가망신하는 것이 아니라 남에게 씻을 수 없는 죄를 짓는 것이다.

첫 취소는 2004년이었다. 12월 마지막 날 송년모임이 있었다. 유독 추웠고 모처럼 노래방까지 이어졌다. 끈질긴 한 분이 단둘이 한 잔만 더하자고 3차를 유혹했다. 속으로는 업신여기면서도 술을 마다하지 않는 성격대로 둘이 어울렸다. 나는 애주가인데 그는 문제가 많은 알코올중독자라고 늘 비웃곤 하였다. 3차를 하는 동안 소주, 맥주에 양주까지 섞었다. 시간이 흐를수록 급속히 정신 줄을 놓았다. 몸을 가누기도 힘들었다. 마지막까지 마신 술 짝은 술집 골목을 이유 없이 활보했다.

그분은 술에 취하면 몇 시간이나 골목길을 왔다 갔다 하는 걸로 동네에서 유명했다. 대낮에 남의 집 대문 앞에서 실신해서 널브러져 자는 걸로도 유명했다. 담배를 물고 저쪽 나이트클럽 앞에서 내 쪽으로 수십 미터를 오가고 있다. "어이! 또라이! 12시 넘었어요. 해가 바뀌었어요. 빨리 집에 가요!"라고 약 올렸다. 대놓고 망신 주었다. 나는 당신 정도는 아니라고 늘 비교하며 위안했다. 몇 년 지나지 않아 그와 다를 바 없는 알코올중독자가 되었지만.

대리운전을 부르고 차에 앉아 기다렸다. 연말 성수기를 맞이한 대리기사는 감감무소식이다. 여러 업체를 불러도 오지 않는다. 오전 2시를 넘어서고 있었다. 한 시간을 기다려도 오지 않자 이젠 "괜찮겠지! 이렇게 추운데 설마 경찰이 단속하겠어? 제야의 종을 쳤으니 경찰들이 돌아갔겠지? 타종행사를 했던 경로로 가면 안전할 거야!" 이런 간교한 생각이 들었다. 기다리며 지쳐갔고 운전을 할까? 말까? 흔들리고 있었다. 너무 춥다! 에라! 모르겠다. 운전대를 잡았고 단속에 걸렸다. 타종행사를 했던 그 자리에서 걸렸다. 0.212%, 만취 수치가 나왔다. 술김에 반항했고 채혈을 요구했다. 인근 병원에서 채혈했다. 0.225%로 수치는 더 올라갔다. 그렇게 첫 번째로 면허가 취소되었다. 난생처음으로 전과자가 되었다. 초범이라 벌금형을 받았다. 다음 해 운 좋게도 노무현 대통령이 8·15사면을 해주었다. 8달 만에 다시 면허를 취득했다.

8년 후, 두 번째 취소가 되는 사고가 일어났다. 2011년 마감일인 말일이었다. 당시 잘 알지 못하는 분야인 건설사를 인수해 고전하고 있었다. 건설회사 임원으로 고용한 후배와 사업이 잘 풀리지 않는다며 낮술을 마셨다. 거나하게 취해 있었다. 오후 5시쯤이었다. 그 시간은 음주 단속할 시간이 아니다. 집에 들어가 봤자 아내의 잔소리와 구박이 뻔했다. 사무실에서 6km 떨어진 세컨 하우스에서 후배와 자기로 했다. 그나마 덜 취했다며 내가 운전했다. 반쯤 가고 있을 때 전화가 왔다. 마감 상황이라 받아야 했다. 한 손으로 휴대폰을 안주머니에서 꺼내는데 손에서 미끄러지며 발밑으로 떨어졌다. 주우려고 몸을 기울이는데 '딱'하고 소리가 나며 내 SUV 운전석 백미러와 마주오는 1톤 트럭 백미러가 부딪쳤다. 백미러만 부서진 경미한 사고였지만 술이 문제였다.

편도 1차선 좁은 국도 한쪽에 차를 세우고 근처 편의점으로 달려갔다. 술을 사고 나오자마자 내용물을 길에 버렸다. 술병을 들고 주차한 곳으로 걸어갔다. 상대방에게 사과하며 배상하겠노라 이야기했다. 상대방은 음주를 눈치챘다. 한 손에 술병을 들고 지금 금방 마신 것인 양 꼼수를 썼다. 그만큼 다급했다. 당사자끼리 원만히 처리하고 싶었다. 돈뭉치를 질러 주고 싶었지만 수중에 돈이 없었다. 시내에서 식당을 한다고 한다. 내일 100만 원을 들고 찾아갈 테니 이쯤에서 헤어지자고 했다. 명함을 주고 보험처리도 해 주겠다고 했다. 어수선하게 설왕설래하고 있는데 마침 지나가던 순찰차가 나타났고 꼼짝없이 연행되었다. 0.113%, 0.1%가 넘어 면허취소였다.

또 채혈을 요구했다. 이번에도 혈중 알코올 수치가 0.125%로 올라갔다. 그래서 지금 소지한 면허는 2012년 면허다. 범죄를 저지르고 순간 겁이 나서 간교한 행동을 했다. 현장을 벗어나 술을 샀고 얼른 버렸다. 마치 사고 난 후에 마신 것처럼 꾀를 냈지만 통하지 않았다. 오히려 경찰이 뺑소니로 적용할 명분을 제공했다. 선처를 받아 뺑소니는 빠졌지만 피해자와 형사합의를 하고 보험회사에 음주 면책 금을 내고 보험처리 해야만 했다. 벌금형을 받았고 면허가 취소되었다. 면허가 없어 전기 자전거도 사보고 어느 정도의 거리는 걸어도 봤지만 면허 없는 지방 생활은 불편하다. 한 번 더 걸리면 삼진아웃이다. 다시 걸린다면 구속 수사를 당할지도 모른다. 이렇게 두 번의 면허취소 이력이 있다.

면허취소 기간에는 술을 마시는데 더 자유로웠다. 택시 타면 그만이라는 생각에 만취하는 일이 잦아졌다. 휴대폰을 잃어버리고 안경이나 우산도 자주 잃어버렸다. 가끔 무면허 운전을 하기도 했다. 단속에 걸리는 게 무서웠지만 낮 시간에 몰래 운전을 한 적이 있다. 지금 생각해 보면 미친놈이 따로 없었다.

경제적으로는 든든했다. 아내의 벌이만으로는 아이들 교육비와 생활비를 감당하기 힘들다고 생각했다. 나를 버리진 않을 것 같았다. 부부싸움 할 때 이혼하자고 이야기해도 꼴값 떤다고 생각했다. 자만했고 어떤 핑계든 만들고 술을 마셨다. 거짓말로 그때 그 순간만 모면했다. 믿는 종교는 없지만 수치스러운 과거 잘못을 고백하는 가톨릭 고해성사를 높이 인정한다. 진정 용기 있는 사람만이 고백할 수 있다.

알코올중독자는 절대로 정직할 수 없다. 안 먹었다고 거짓말, 이래서 마실 수밖에 없었다고 핑계를 댄다. 남 탓을 하고 자기만 억울하고 불쌍하다고 생각한다. 애주가와 알코올중독자의 차이는 마시는 양과 빈도와는 상관이 없다. 관계를 좋게 하고 즐기며, 삶의 도구로 마시는 사람은 애주가요! 관계나 일에 도움이 되지 않는 것을 뻔히 알면서도 술에 빠져들면 중독자인 것이다. 중독이 되면 안 마시고는 배기지 못한다.

애주가는 술을 음식처럼 즐기지만, 중독자는 술을 절대로 조절하지 못한다. 인간관계는 망쳐지고 혼자 고립된다. 가족도 친구도 떠난다. 중독자의 생각은 온통 알코올에 꽂혀있다. 가족은 그 중독자에게 꽂혀있다. 본인만 망가지는 것이 아니고 가족과의 관계도 말살해간다. 그래서 알코올중독을 '가족병'이라고 한다. 대인관계도 깨지고 직업도 잃게 된다. 사회생활을 할 수 없게 된다. 모든 것이 깨진다. 중독자는 '인간은 사회적 동물'이라는 인간고유의 본성을 잃고야 만다.

윤창호 법이 생겼지만 얼마 전 헌법재판소에서 일부 위헌결정이 났다. 음주운전을 두 차례 이상하거나 음주 측정을 거부한 경우 가중처벌하는 것을 위헌으로 결정한 것이다. 낮에 하는 음주운전 조심해야 한다. 영업용 대형차량 운전자의 주간 음주운전이 많다. 숙취 운전도 조심해야 한다. 대리운전자 보내고 짧은 거리 주차를 직접 하는 것도 유의해야 한다. 술을 마셨으면 무슨 일이 있어도 운전대를 잡지 않아야 한다. 도로 위의 살인 병기가 된다. 음주운전자는 가정파괴범이 될 수 있다.

8. 술독에 빠지다

핑계 없는 무덤 없다고 한다. 알코올중독자는 거짓말로 핑계를 만든다. 술을 마실 이유를 만들려면 어쩔 수 없다. 계속 거짓 핑계를 만들다 보면 어떤 게 거짓이고 참인지 구별하지 못하기도 한다. 변명을 할 것인가? 변화를 할 것인가? 선택은, 중독자! 당신 손에 달렸다.

중독자가 되어가는 것을 알지 못했다. 점점 술을 탐닉했다. 나 아니면 가정도 회사도 굴러갈 수 없다는 걸 빼기며 술자리를 만들었다. 그걸 안주 삼아 떠벌리고 있었다. 10년 전부터 먹튀 금전 사고가 연쇄적으로 일어났다. 그러다가 2017~2018년 큰 먹튀 사고를 맞고 자금난에 허덕였다. 직원 급여가 모자라 사채를 빌리고 다른 데서 꾸어서 빌린 돈을 돌려막아야 했다. 카드론, 카드 현금서비스를 받아 신용등급이 4등급으로 추락했다. 여러 지점을 폐쇄하고 직원을 해고했다. 군살빼기 경영으로 이면지를 쓰는 등 잡비용도 절감했다. 오너로서 최종 책임을 져야 한다는데 압도당했다. 수백 명의 직원을 책임질 깜냥이 안 된다고 스스로 자책했다. 이때부터, 밤에 방에서도 술을 홀짝홀짝 마셨다. 불면증이 왔고 술기운에 잠들었다. 수전증이 나타나 숟가락으로 찌개를 떠먹을 수 없게 되었다. 늘 불안하고 스스로를 불쌍하다고 생각했다. 먹튀 인간들 때문에 내 인생 망쳤다고 그들을 저주했다. 분노했고 적개심이 불타올랐다. 내가 어떻게 모은 돈인데.

그깟 사기꾼에게 당한 게 억울해 미칠 지경이었다.

음주는 거의 매일 일과가 되었다. 잠이 안 오고 술이 떨어지면 새벽에 출근을 한다. 편의점을 거쳐 사무실 소파에 앉아 혼술을 한다. 새벽 청소를 하는 아주머니에게 부끄러웠지만 시간이 지날수록 희석되었다. 직원들이 대부분 출근하면 술 냄새와 빨개진 얼굴이 부끄러워 슬그머니 집으로 돌아와 잠을 잔다. 아침이든 언제든 아무 때나 퇴근했다. 시간이 지나면서 결근도 심해졌다. 1주일에 하루를 나가기도 하고 2주일을 쉬기도 했다. 사기꾼 응징을 위해 경찰서, 재판에 가는 것만 챙기고 있었다. 회사의 경영은 전문경영인에게 맡겼다. 스스로 경영을 제쳐두고 숨어버리자 회사의 매출은 조금씩 쪼그라들었다.

2020년 코로나로 사업에 직격탄을 맞았다. 더 술을 탐닉했고 세상을 원망했다. 또다시 사무실도 줄이고, 직원도 도려내는 위기경영이 불가피했다. 무능을 한탄했다. 이때부터 한번 마시면 끝을 모르는 장취가 시작되었다. 아침에 시작된 술은 마시다 자고, 깨서 다시 마시기를 반복했다. 마셨다 하면 1주일씩, 보름씩 지속되었다. 밥을 먹지 못하고 안주도 먹지 못한다. 멸치 몇 마리, 다시마 한 조각으로 하루 안주를 대신했다.

배변에 문제가 있었다. 먹은게 없으니 나올 것도 없지만 변기에 앉아 힘을 주면 항문이 찢어질 듯 아팠다. 밥은 물론, 물을 마셔도 토했다. 손가락을 목젖까지 넣어 위에서 노란 액체를 토해내어야 속이 후련해졌다. 그러면 또다시 술을 마셨다. 보름을 장취하면 평소 체중 68kg에서 52~53kg까지 줄어들었다. 속이 쓰렸다. 음식을 먹지 못하니 신진대사가 정상이 아니다.

아내는 건강검진을 권했다. 2019년 검사에서 위 선종이 발견되었다. 대학병원에서 내시경으로 제거 시술을 받고 퇴원했다. 퇴원 후 3개월간 술을 안 먹고 검사하니 말끔했다. 간 수치도 정상이었다. 아기 간으로 회복되었다. 다시 술은 시작되었다. 예전의 미치광이로 되돌아갔다. 사기 때문에 먹지 않을 수가 없다. 거액을 도둑질한 그놈들 때문이다. 이 노여움을 이겨낼 길이 없다. 코로나 탓이다. 어떻게 안 마시고 배기겠는가? 능력이 부족하다! 직업을 잘못 선택했다! 라고 자책하며 마셨다. 나만 억울하고 재수 없다고 스스로 비하했다. 부모님께 한 푼도 물려받지 못한 현실을 비탄했다. 어려운데도 아내가 헤프게 쓴다고 투사했다. 아이들이 카드를 생각 없이 쓰고 아낄 줄 모른다고 비난했다. 이런저런 핑계로 마셔대며 마음을 학대했다.

가족과 직원에게도 탓하는 마음을 은밀하게 주입시켜 좌절하게 했다. 일할 마음 뚝 떨어지게 기분 나쁘게 말하고 사과하지 않았다. 친구들도 하나둘 떠나갔다. 심기를 건드린다고 주사를 부려 잘 나가던 동호회도 못 나가게 되었다. 골프나 등산 등 모든 운동도 올 스톱 되었다. 무기력하게 썩은 동태눈으로 TV만 켜놓고 마시고 잠자기를 반복하게 되었다.

죽으려고 환장한 사람처럼 일상이 무너져갔다. 막장으로 가고 있었다. 자기연민에 빠졌다. 삶이 망가지고 있었다. 발버둥 칠수록 더 조여 오는 올무처럼 삶을 옭아매고 있었다. 이제는 빼도 박도 못하는 알코올중독자가 되었다. 몸이 망쳐진 것보다 마음이 망가진 것이 더 문제다. 몸은 나만 피해를 보면 되지만, 마음은 다른 사람에게 해를 끼치고 회복하기 어려운 상처를 준다. 몸이 엉망이 되어 죽는다 해도 남은 가족과 친구, 동료들에게 가한 무례한 공격은 어찌 없앨 수가 있을까? 불가능하다.

중독자는 제 한 몸 죽고 사는 문제로 끝나지 않는다. 두고두고 타인에게 나쁜 영향을 남기게 된다. 특히, 가까운 사람에게 몹쓸 짓을 많이 해서 잊혀지지 않는 기억을 남겨 놓는다. 지은 죄, 씻어내기 어렵다. 타인을 위해 몇 배를 봉사하고 은덕을 베풀어야 씻을 수 있을까? 신만이 해답을 안다. 술독에 빠진 중독자가 스스로 극복하는 것은 거의 불가능하다. 옆에서 손 내밀고 구제해 주어야 한다. 정나미 떨어지더라도 그를 살리고 싶다면 주변에 있는 사람들 손길이 필요하다. 그의 영혼의 빛이 아직 남아있다면 구해야 한다.

생텍쥐페리의 『어린 왕자』 중에서

"왜 술을 마시죠?" 어린 왕자가 물었다.

"잊어버리려고 마시지." 술꾼이 답했다.

"뭘 잊어버린다는 거죠?" 어린 왕자가 다시 물었다. 어린 왕자는 안타까운 마음이 들었다.

"부끄럽다는 것을 잊어버리려고." 술꾼은 고개를 숙이며 고백하였다.

"뭐가 부끄럽다는 거죠?" 어린 왕자는 물었고, 그를 돕고 싶었다.

"술 마신다는 것이 부끄럽지!" 술꾼은 말을 끝내고 침묵을 지켰다. 어린 왕자는 어리둥절해하며 그 자리를 떠났다. 그러고는 "어른들은 확실히 너무 이상해."라고 중얼거렸다.

제2장

술은 나를 사랑했다

1. 내가 술을 마시는 이유

애주가와 중독자의 차이는 무엇일까?

애주가는 술자리에서 분위기를 즐긴다. 퇴근 후 좋은 사람들과 가볍게 회포를 푼다. 충전하는 기회로 만들어 다음날 일을 하는데 활력소가 되게 한다. 중독자는 다르다. 술을 마시며 불평불만을 토로하고 스스로 좌절에 빠진다. 절망스러운 일에 생각이 꽂혀서 마신다. 같이 마시는 사람까지 고민에 빠지게 한다. 기분 상하게 하고 사이가 나빠지게 한다.

결국 같이 마시던 사람들이 하나둘 떠나게 된다. 이때부터 혼자 술을 마시게 된다. 진심으로 이해해 주는 사람이 하나도 없다고 생각한다. 스스로를 불쌍하다고 여긴다. 죄가 없는데 억울하다고 자기 뇌에 주입한다. 재수가 없다고 푸념한다. 뇌는 중독자의 마음을 정확히 해석한다. 정말 불쌍하고 절망적이며 재수가 없는 사람이라고 인식하게 된다. 참고 참아 일정 기간 단주에 성공했다가도 다시 마시면 최악의 중독자였던 때로 금방 되돌아가게 만든다.

알코올중독자는 세 가지 착각을 한다고 한다.

첫째, 알코올중독일 리가 없어! 술 문제는 대수롭지 않다고 여긴다. 애주가라고 하기에는 조금 심하지만 그래도 중독자는 아니라고 손사래를 친다. 내가 중독자라면 주변에 중독자 널려있다. 나보다 더 자주, 더 많은 양을 마시는 사람이 얼마나 많은데… 나에게는 술 마시는 분명한 이유가 있다고 정당화한다. 가족도 이해해 주지 않는다고 야속해한다. 지지까지는 몰라도 눈곱만큼의 이해도 안 해주다니! 그러면서도 음주가 지속되다 보면 수치심이 든다. 먹었다 하면 멈추기가 힘드니 중독자가 맞는 걸까? 의구심이 든다.

술 때문에 부부싸움을 하거나 자식 눈치가 보이면, 중독자인 것을 부정하기 위해 일정 기간 술을 먹지 않는다. 출근도 잘하고 설거지도 하고 청소도 한다. 가족 톡 방에 좋은 글을 올리고 가족이 자랑스럽다고 응원의 메시지를 쓴다. 하지만, 이 모든 것은 술을 다시 마시기 위한 쇼에 불과하다. 결국 음주의 고리에서 벗어나지 못할 것이고 다시 술을 먹게 될 거라는 두려움의 제스처이다. 다시 술을 마실 때 이만큼 참아낸 것도 대견하게 알아 달라는 일종의 읍소이다. 아무리 생각해 보아도 아직까지는 중독자가 아니야! 노숙자도 아닌데! 나도 이렇게 생각했다.

둘째, 이 상황에서 어떻게 술을 안 마실 수 있어? 중독자라서 술을 마신 것이 아니라 어쩔 수 없는 이유가 있어서 마셨어! 그게 아니었다면 안 마셨을 거야! 음주가 이어질수록 계속 새로운 핑곗거리를 만들어 낸다. 그래야만 다음의 음주 명분을 만들어 내기 때문이다. 사기를 당해서 힘들다! 코로나로 경기가 최악이야! 오너라고 모든 책임을 떠안아서 힘들어! 핑계는 언제나 도돌이표가 된다. 다른 사람 같았으면 벌써 파산했다고, 못 견뎌서 자살했을 것이라고 말한다. 그나마 나니까 이 정도 버티는 거야! 그러니까 이해해 줘! 그것도 제일 소중하고 아끼는 사람들에게 말로 상처를 입힌다.

셋째, 이해를 안 해 주는 너 때문이야! 남 탓을 한다. 아무리 인정을 갈구해도 안 받아준다. 술 마시는 핑계도 안 먹힌다. 가족과 동료, 친구도 떠나가고 외톨이가 된다. 나를 업신여기고 무시한다는 생각! 나만 불쌍하다는 생각! 모든 일을 부정한다. 혼자만 억울하다고 여긴다. 결국, 너 때문에 내 인생이 망쳐졌고 이 모양 이 꼴이 되었다고 탓한다. 이제는 술 문제뿐만 아니라 삶에 대한 책임도 지지 않으려 도망친다. 형, 누나가 클 때 보다 나는 궁핍한 살림에서 자랐다. 늘 불만이었다. 성적이 처진다고 구박을 받았다. 자기네들이 도대체 뭔데? 부모님도 꾸중을 안 하는데 지도편달이야? 왜 막내로 태어났을까? 고등학생 때 집도 망했다! 아버지도 돌아가셨다! 억울하다. 이럴 거면 왜 나를 낳은 거야? 대학가고 군대에 가도 그리고 취업을 해도 나만 희생자가 되었다고 생각했다.

술은 그런 나를 사랑했다. 술을 마시고 우쭐대며 주름잡는 재미가 쏠쏠했다. 잊고 싶은 건 잊어진다. 무엇이든 할 수 있을 것 같다. 어제 마신 황홀한 경험이 술을 부른다. 목을 타고 넘어가는 짜릿한 느낌! 뱃속이 짜르르하고 머리를 때리는 감각! 마실수록 근심 걱정이 사라지고 대장이 된 기분! 이것저것은 남보다 낫다고 자랑을 한다. 중독자는 술의 이런 효과를 잊지 못한다. 술자리에서 존재감이 돋보인다. 법칙을 만들고 따르라고 강요한다. 예의범절 이야기가 아니다. 중독자는 결코 술도 남기지 못한다. 주즉혈(酒卽血)이라는 정신으로 마신다며 상대방까지 이 피 같은 술을 남기지 말라고 종용한다.

나는 목청을 높이면서 작은 소리로 말하라고 지적한다. 토하면 술이 약하다고 멸시한다. 제멋대로다. 술버릇 나쁜 꼰대가 되어간다. 언제부터인지 술을 음미하지 못하고 취기가 오를 때까지 빠르게 들이붓는다. 거나하게 몸에 온기가 오르고 기분이 좋아질 때까지 마신다. 중독에 빠질수록 마시는 양은 늘어난다. 그래야 어제의 기분을 능가할 수 있기 때문이다. 건강은 중요하지 않다. 상대방 건강과 기분 따위도 대수롭지 않다. 결국 내가 술을 마시는 건지, 술이 나를 마시는 건지 분간하지 못한다. 조절하지 못하고 술에게 지배당하게 된다. 못난이가 되어간다! 세월이 흘러도 철들지 않는다! 남에게 친절했던 마음도 온데간데없다. 조절하지 못하는 나에게 술과 마약은 똑같다.

중독은 병이다. 멈추지 않으면 반드시 죽음을 맞게 된다. 비명횡사하는 것이다. 중독자만이 술이 독약이라는 것을 안다. 일반인은 "오랫동안 참았다면서? 오늘만 한 잔 마셔."라고 권한다. 내일부터 또 안 마시면 되지 않느냐고 한다. 그들은 오늘의 한 잔이 죽음으로 몰고 갈 수 있다고 생각하지 않는다. 중독자는 처절하게 단주에 임해야 한다. 알코올중독자 모임에 다니거나 병원치료를 받아야 한다. 명상을 하거나 몰입할 수 있는 취미에 빠져도 좋다. 무엇이라도 동아줄을 잡아야 한다. 그래야 오늘도 내일도 살아있을 수 있다.

2. 술은 술을 부르고

많은 사람이 한번 마시기 시작한 술을 멈추지 못하기도 하지만, 술이 깨고 퇴근 시간이 되면 다시 술을 찾는 문제를 안고 있다. 1주일 내내 혹은 주에 3~4일 술을 마신다. 많은 직장인과 프리랜서가 이런 식의 삶을 살고 있다. 주의하지 않으면 위험하다. 중독으로 가는 지름길이다.

나도 샐러리맨 14년 동안 1차로는 성에 차지 않아 2차를 갔다. 간혹 3차까지 가야 직성이 풀렸다. 1차는 소주, 2차는 양주나 맥주로 입가심을 했다. 꼬박꼬박 급여가 들어 왔다. 업무직이었지만 회사 묵인하에 조금씩 영업을 했다. 급여 외에 별도의 수당이 생겼다. 결혼 후에도 이 뒷돈은 비상금 원천이 되었다. 술 마신 다음날, 술이 덜 깨었어도 출근을 해야 했다. 낮술을 할 수도 없다. 매일 술을 마실 수 없었다.

1주일에 2~4일 정도 마셨다. 일단 먹기로 작정한 날은 1차에서 멈추지 않고 2~3차까지 달렸다. 그때까지는 술을 조절하는 사회적음주자였다. 20년 전 회사를 그만두고 조그마한 법인을 만들어 사업을 시작했다. 새 길이 두렵기도 했지만 희망도 있었다. 빨리 기반을 잡으려고 열심히 일했다. 매출도 늘고 직원 수도 늘었다. 서울에도 진출했다. 전국 곳곳을 누비며 영업망을 늘렸다. 이익이 나면 생계비를 빼고 재투자했다. 사람들을 만나도 다음날을 생각하며 술 양을 조절했다. 중독자가 아닌 애주가로 사람들과 더불어 좋은 관계를 맺었다. 그 결과 사업은 번창했다. 술은 인생의 비타민이요, 활력소가 되었다. 전국에 수십 개의 직영점을 운영할 정도로 사업이 커졌다.

2009년, 전문경영인과 CFO, CMO, COO를 고용해 틀을 갖추었다. 이때부터 방종이 시작되었다. 경영을 거들어주니 한가해졌다. 낮술을 하게 되고 성공을 자랑하며 거들먹거렸다. 과시하는 나쁜 술버릇을 뭐라고 하는 사람도 없다. 심기를 건드리지도 않는다. 건방이 하늘을 찌르고 있었다. 술이 술을 불렀다. 기고만장 했다. 직원들을 술자리에 데리고 다녔다. 근무시간에 불러서 앞에 앉아서 안주를 먹으라고 했다. 혼자 식당에서 마시기는 창피하고 어색하니까⋯ 와라! 앉아라! 푸념을 들으며 얼마나 힘들었을까? 울며 겨자 먹기로 견뎠을 것이다.

2010년부터 10년간 먹튀 사기를 당한다. 회사관리에 소홀해진 이유도 있었다. 그렇지만 신중하지 못한 성격이 주된 원인이 되었던 것 같다. 다혈질의 성격에 감정변화가 심하다. 즉흥적으로 의사결정을 한다. 점포를 오픈하느냐 마느냐, 사람을 고용하느냐 마느냐의 중요한 결정을 기분대로 성급하게 했다. 비용 지출도 통 크게 쏜다. 한번 결정하면 웬만해선 바꾸지 않는다. 언행일치하는 사람이라는 아이덴티티를 만들어서 '나는 이런 사람!'이라는 거짓옷을 입었다. 남에게 그런 사람으로 인정받고 싶어 했다. 당연히 사기꾼들이 꼬여 들었다.

중요한 결정을 술자리에서 하는 일이 많았다. 취해서 면담하는 경우가 많았다. 몽롱한 눈으로 새로운 직원을 뽑고 투자를 결정했다. 돈 뜯기고 손해 보는 일이 많아졌다. 힘겹게 쌓아온 성이 조금씩 무너져갔다. 모 본부장은 암암리에 수십 명을 꼬드겨 별도로 회사를 차렸다. 13년을 같이 했던 의리는 온데간데없다. 배신감에 치를 떨었다. 회사 일등공신에게 당한 배신감은 술에 더 빠져들기 좋은 구실이 되었다. 술에 몸과 마음이 갉아 먹히는 줄 모르고 그를 죽여 버리고 싶다고 저주했다. 술을 안 마실 수가 없다고 변명했다. 술은 술을 불렀다.

2017~2018년에는 엄청난 금액을 먹튀 당했다. 이때부터 밤에 방에서 혼술을 하곤 했다. 아침에 아내가 출근하면 술을 마신다. 출근도 퇴근도 제멋대로다. TV를 켜놓고 잠을 잔다. TV는 혼자서 24시간을 지껄여댄다. 빠른 말투로 한 말 또 하는 광고의 잔상이 머리에 남는다. 건강식품, 보험, 상조, 꽃 배달 광고는 특히 시끄럽다. 평일 내내 마신다. 아내와 함께 있는 주말엔 눈치가 보여 술을 마실 수 없다. 언제부터인가 좋아하던 등산도 운동도 포기했다.

이런 패턴은 작년 3월까지 계속되었다. 먹튀가 없어지니 코로나 탓을 한다. 코로나 때문에 매출이 반 토막 났다고. 술을 마시는 핑계를 만든다. 어쩌면, 내가 이런 상황을 오라고 손짓하며 끌어당기고 있었는지도 모른다. 자기가 믿는 대로 경험하니까… '끌어당김의 법칙' 말이다. 중독에 빠지면 리듬이 깨진다. 회사일도 집안일도 술에 비하면 중요하지 않다. 말로만 이런 이유로 술을 먹는다고 하지 실제 최우선은 술이다. 취한 기운에 중독되어 있는 것이다. 그 기분을 벗어나는 것이 싫다.

알코올중독자는 대부분 착하다. 남의 것을 뺏으려는 마음을 가지고 있지 않다. 시쳇말로 '법 없이도 살 수 있는 사람'들이다. 어쩌면 나도 순한 중독자인지도 모른다. 그러나 늘 정당화한다. 남을 탓하고 비난한다. 스스로 비하하고 연민에 빠진다. 불안증이 생기고 분노한다. 불면증과 수전증이 생긴다. 언어폭력이 잦아진다. 알코올중독은 사람을 죽음에 이르게 한다. 불치병이다. 암은 수술이나 약으로 치료가 되지만 알코올중독은 수술도 안 된다. 약물치료도 증세를 완화한다지만 경험해 본 결과, 효과는 별로 없다. 그래서 알코올중독자에게 완치라는 말을 쓰지 않는다. 단주 중 또는 회복 중이라고 한다. 나는 알코올에게 완전히 참패했다. 교활하고 강력한 술 앞에서 항복을 시인한다. 술이 교활한 것인가? 혹시, 내가 교활한 것은 아닌가? 중독자는 답을 안다.

술이 삶을 풍성하게 만드는 도구일 때, 양을 조절하고 먹는 횟수를 조절해야 한다. 술이 남과 관계를 증진시키고 사회생활에 도움이 될 때 조심해야 한다. 중독자가 되면 멈추기도, 돌이키기도 어렵기 때문이다. 당신이 아직 중독의 길에 들어서지 않았다면 운이 좋은 것이다. 좋아하는 요리라고 생각해도 좋다. 좋아하는 사람 한 사람하고만 마시는 것도 좋다. 회사 회식이나 모임에 참가할 때만 조금씩 마셔도 된다. 술을 그냥 음식으로 생각하기 바란다.

3. 결혼생활의 시작

　과연 사람이 결혼을 하고 자식이 생기면 철이 들까?

　대다수 어른들은 아니라고 대답할 것이다. 어릴 때 어른을 보거나 선생님을 대하면 반듯하게 철든 사람일 것이라 생각했다. 말을 걸기도 어려웠고 공손해야 했다. 결혼한 어른은 더욱 완성된 사람일 것이라 여겼다. 어른은 합리적으로 판단할 것이라고 생각했다. 나이를 먹고 가장이 되고 나서 알게 되었다. 사람이 쉽게 변하지 않는다는 것을. 가장으로 듬직하게 가족을 돌보고 자기관리가 잘 되는 사람, 이것이 맘대로 되지 않았다. 가족을 잘 돌보는 사람이 아니고 걱정스러운 존재가 되었다. 술에 문제가 많았던 철부지 본래의 모습 그대로였다.

　나는 결혼을 조금 어렵게 했다. 취업 후 5백만 보증금 단칸방을 갖는데 1년이 걸렸다. 그때까지 큰형 집과 둘째 형 집에 3개월씩 번갈아 얹혀살면서 회사를 다녔다. 그러다가 보증금을 모아 단칸방을 구했다. 3년을 자취하며 보냈다. 92년에 고향인 청주 지점 근무를 지원했다. 결혼할 자금이 없었다. 지방 근무를 하면 사택 임차보증금을 무상으로 준다. 불알 두 쪽밖에 없는데도 어머니는 결혼을 재촉하셨다. 그것도 반드시 교사만 된다고 고집을 부리셨다. 거의 매주 맞선을 봤다. 초등교사, 중등교사 가리지 않았다. 20번이 넘는 선을 보았다. 첫선을 보고 거절했던 사람과 비교했다. 계속 만나보아도 그 사람만 못했다.

93년 지금의 아내를 만났다. 선보는데 지쳐가고 있을 때 단비처럼 나타났다. 다소곳하고 차분하다. 긍정적이다. 남과 잘 지내고 부딪치지 않는다. 양가 인사에 이어 빠르게 혼인이 준비되었다. 서른한 살 나이에 6살 연하의 여인과 결혼했다. 이듬해 딸을 얻고 연년생으로 아들도 태어났다. 딸아이가 태어나면서 신혼집을 청주에서 천안으로 옮겼다. 천안에서 아내는 청주로 출근을 하고, 나는 서울로 출퇴근했다.

어머니가 천안 집으로 오셔서 딸아이를 돌보아 주었다. 젖병 소독 같은 소소한 일로 아내와 의견이 충돌했다. 한 성질 하는 어머니는 집으로 돌아갔고, 아내는 아이를 돌보려고 사표를 냈다. 잦은 음주는 아니었지만 만취하는 일이 많았다. 부부싸움을 자주 하게 되었다. 아내가 퇴직한 상태라 서울 아파트로 이사했다. 그러는 사이 아들이 태어났다. 일찍 퇴근해 아이들과 잘 놀아주는 다정한 아버지가 되었다. 아마 이때가 가장 가정적인 가장이었을 것이다.

96년 원치 않는 인사발령이 났다. 부산지점으로 발령받았다. 이사했고 음주는 더욱 잦아졌다. 출장이 많았다. 가는데 마다 하루 일과의 마무리는 술과 함께였다. 잦은 음주와 블랙아웃은 중독증세를 보이고 있었다. 그래도 그만큼 마시는 직장인이 흔했기에 중독자라고 꿈에도 생각하지 않았다. 술 문제로 늘상 부부싸움을 했다. 술을 멈출 수 없었다. 술 말고는 큰 문제는 없었다. 나만큼 마시는 사람들 많다고 스스로 위안했다. 98년 원주로 발령받았다. 강원도의 책임자가 되었다.

원주에서의 생활 패턴도 변하지 않았다. 오히려 술자리는 늘었고 출장도 회의도 많아졌다. 새벽에 귀가하는 날도 늘어났다. 부부싸움이 잦아지고 아이들 육아만 신경 쓰던 아내는 답답해했다. 나의 퇴근만 기다리는 전업주부였다. 주말에 아이들과 여행도 하고 놀이공원도 갔지만 평일에는 주 3~4일 술을 먹고 귀가했다.

　2000년 아내는 다시 임용고사에 합격해 발령받았다. 지금도 강원도 중, 고등학교에서 근무하고 있다. 2년 후 사업을 시작하면서 초기에는 술을 자제하며 회사 일에 전념했다. 1차 술자리를 끝으로 하루를 매듭지으려고 노력했다. 정신을 잃을 정도로 마시는 때는 월 1회 정도였다. 여전히 중독자라고 생각하지 않았다. 2009년 전문경영인을 영입하기까지 열심히 살았다. 회사를 견고히 하는데 몰입했다. 매출도 수익도 늘어났다. 술 때문에 사기꾼이 꼬여 들었고 나쁜 일들이 계속 일어났다. 돌이켜보면, 중독자가 아니라고 우겼지만 이미 중독의 길에 들어서 있었다.

　지금도 아내는 나를 사랑한다. 누구보다도 술에서 빠져나오길 소원한다. 술만 아니라면 뭐든 받아줄 것이다. 지지해 줄 것이다. 술이 아니었다면 더 큰 인생의 성공을 이루었을 것이라고 말한다. 술을 멈추고 삶을 즐기라고 한다. 아이들 둘 다 훌륭히 키워주었다. 집안 걱정은 없다. 술, 45년을 줄기차게 마셨다. 할 일을 제쳐두거나 포기하고 술에 집착했다. 늘 취해 있었다. 일도 건강도 가정도 엉망이 되었다. 작년에야 중독자라고 인정했다. 중독자라고 인정하기 전부터 아내는 '알코올중독자 배우자 모임'에 매주 참여하고 있다. 춘천 오프라인

모임에 참석하다가 코로나 상황이 오면서 온라인으로 모임에 참가한다. 나의 중독치료를 위해 애써주고 있다.

중독자임을 인정하기 전에는 "왜 그런 모임에 가냐"고 다투기도 했다. 그래도 한 주도 거르지 않고 모임에 갔다. 꼴불견이라고 생각했다. 나는 멀쩡한데 중독자 취급한다고 생각했다. 유난하게 구는 사람이고 나를 쥐 잡듯 한다고 원망했다. 다른 여자들만큼 남편을 믿어주지도, 이해해 주지도 않는다고 섭섭해했다.

"결혼에서의 성공이란 단순히 올바른 상대를 찾음으로써 오는 게 아니라 올바른 상대가 됨으로써 온다." 리처드 브리크너가 남긴 말이다. 과연 올바른 남편이었던가? 귀한 사람으로 대했던가? 아내와 결혼을 하고 보석 같은 소중함을 아는데 오랜 시간이 걸렸다. 늘 든든한 지원군이자 바른길의 안내자였다. 여러 면에서 나보다 훨씬 훌륭한 사람인데 너무 함부로 대해왔다. 술을 먹었다고 잔소리를 해서 싸울 때는 더했다. 욕도 했고 집을 뛰쳐나가기도 했다. 남은 인생에서는 바뀌어야 한다. 저지른 것을 전부 갚을 수는 없을 것이다. 하지만 먼저 존중하고 믿어주면 그것만으로도 큰 변화가 올 것이다. 정감 있는 남편으로 바뀌어야 한다. 부부 사이의 문제 대부분은 오해와 편견 그리고 소통의 부재에서 생긴다. 남은 인생, 술 없이 아내와 알콩달콩 살아보아야겠다.

4. 나를 위로하는 한 잔

알코올중독에서 벗어나 미국 대통령이 된 사람도 있다. 할리우드 주연배우도 있다. 우리나라에도 노숙자에서 유명한 배우가 된 사례도 있다. 그들은 미래의 성공과 자아실현을 위해 무서운 중독을 이겨냈다. 중독자에서 벗어나면 부와 성공을 거둘 수 있는 기회가 생긴다. 오히려 일반인보다 기회가 많다. 중독의 아픔과 세상 밑바닥을 경험했기 때문이다. 강을 거슬러 헤엄치는 자가 강물의 세기를 아는 법이라고 했다. 우드로 윌슨이 한 말이다.

다시 무너지면 죽음이 도사리고 있는 것을 알기에 죽기 살기로 인생을 헤쳐나갈 수 있다. 중독에서 회복해 평범한 일상으로 돌아와 잘 살아가는 사람들이 부지기수이다. 그들의 극복과정도 대단한 노력이 담겨있다. 그들은 이미 성공한 인생길에 접어든 것이다. 위대한 과정을 겪어 내고 제2의 인생을 살아가는 것이다.

한 모금 목을 타고 넘어갈 때 짜르르한 느낌이 온다. 추운 겨울에는 언 몸을 녹여 주었다. 농촌봉사에서 밥 대신 막걸리를 마시고 힘이 솟아 모 심고 벼를 베었던 기억도 있다. 한잔으로 바짝 달아오른 긴장이 누그러든 적도 있다. 벗어난 긴장으로 행사를 진행하거나 강의를 하기도 했다. 스테이크에 한두 잔의 와인을 곁들여 풍미를 더했다. 모임에서 건전하게 마시고 헤어진 적도 많다. 술에 취해 말실수

주사를 부린 적도 많다. 어렸을 때는 몸싸움도 했다. 이 정도까지는 그래도 괜찮다. 괴롭고 힘들다고 먹은 술은 모든 것을 앗아간다. 과유불급! 지나치면 반드시 사달이 난다.

술이 순간을 진정시키는 효과가 있지만 과음하면 오히려 흥분시킨다. 일이 틀어져서 원하던 대로 나아가지 못한다. 나중에는 엉킨 실타래를 풀지 못하게 된다. 중독에 빠지면 술은 기쁠 때 먹을 일이 거의 없다. 어릴 때는 숨기에 좋은 수단이 되었다. 수치스러운 순간을 모면하거나 두려운 느낌이 올 때 몰래 술을 찾았다. 그러면 잠시 동안 실제로 수치심과 두려움을 피할 수 있다. 스스로 속임수에 당한 것이다. 시간이 지나면 더 큰 수치심을 낳는다. 더 두렵고 긴장된다. 마침내 자포자기하게 된다.

잊기에도 묘약이라고 믿었다. 근심거리 잊으려고 술을 마신다. 어떨 때는 다른 사람에게 푸념하고 동의를 구한다. 동의해 주니 시원해진 것 같다. 그러나 진심으로 동의해 준 게 아니다. 또 속았다. 그들은 회사의 상하관계로 참으며 들었을 뿐이다. 지겹다고 생각한다. 잊으려고 마시다 보면 잠이 올 때까지 마시게 된다. 잠에서 깨고 나면 나른하고 무기력하다. 결국 명한 상태의 바보가 되고 만다. 고의로 근심을 잠재의식 속에 묻어 두려고 애쓰는 것이다.

훗날 건강을 잃는다. 잠을 자려고 스스로 최면을 건 경험도 있다. 잠을 자려고 두 손을 깍지 끼고 심장 위에 가지런히 올린다. 따뜻한 손바닥 체온을 가슴에 그대로 전한다. 심장에게 말을 건다. 오늘도 멈추지 않아 감사하다고. 심장을 토닥토닥 두드려 준다. 하나부터 백까지 세고 또 세며 생각을 멈추고 자려고 노력한다. 잠이 들어도 가위눌림이 생긴다. 어떨 때는 서너 번 가위에 눌리고 나서야 잠이 든다. 칼을 맞거나 구덩이에 빠진다. 빠른 속도로 도망 다니기도 한다. 압사당하는 꿈을 꾸기도 한다. 막아야 하는데 손이 들리지 않는다. 어설프게 마시고 자려고 하면 15분마다 악몽을 꾸며 깬다.

토막잠 스트레스에 견딜 수 없다. TV를 켜고 볼륨을 올린다. 그래야 가위눌림이 덜하다. 하다하다 안되면 술을 진탕 마시고 긴 잠을 청한다. 술이 수면제 대용이 되면 이미 중독자다. 단주해 보면 알게 된다. 한두 달을 단주하고 회복해야 몸이 적응해 예전의 수면 리듬을 되찾을 수 있다. 그제야 악몽 없는 꿀잠이 가능해진다. 숙면을 위해 술을 끊어야 한다고 생각하지만 술 마실 기회가 생기면 번뜩번뜩 교활한 생각이 든다. 교만함이 생긴다. 딱 한 잔만, 딱 한 번만.

중독은 진퇴양난의 상태이다. 앞서 인용했던 안수정등(岸樹井藤)의 우화에 나오는 독사나 쥐 이야기와 비슷하다. 벽에 부딪혀 나아갈 수도 돌이킬 수도 없다. 우화에는 꿀물 이야기도 나온다. 중독자는 남은 술을 아까워한다. 먹다 남은 술은 꿀이 아니다. 과감히 버릴 줄 알아야 중독에서 벗어날 수 있다. 중독자는 독극물인 줄 알면서고 마지막 한 방울까지 뱃속에 넣는다.

나의 이야기로 되돌아 가보자. 제일 소중한 사람과 약한 사람만 괴롭혔다. 강자에게는 꼼짝하지 못한다. 이 꼴이니 어찌 안 마실 수가 있겠나? 나만 힘들다고 위로해 달라고 애걸한다. 너한테만 이야기하는 거야. 이 얘길 어디 가서, 누구한테 하겠어! 상대방이 지금 나에게 소중한 존재라고 우겨댄다. 그래 봤자 한 귀로 듣고 한 귀로 흘린다.

공감하지 않는다. 한두 번 당한 것이 아니기 때문이다. 오히려 속으로는 자기를 만만히 여긴다고 욕을 하고 있을 것이다.

돌아가신 아버지가 생각난다. 2014년 돌아가신 어머니가 그립다. 어머니의 마지막 야윈 모습이 짠하다. 그리움에 훌쩍거리며 술을 마신다. 고아가 되었다며 연민에 빠진다. 외로워한다. 부모님이 그리울 때는 가족들에게 문자를 한다. 그들도 지겨울 정도로 문자세례를 받았다. 어린아이도 아니고. 또 술 먹고 취했구나! 불쌍하다고 여겼을 것이다. 나를 위로하는 한잔! 고민을 잊으려고 마셨고, 부끄럽고 두려워서 숨으려고 마셨다. 잠을 자려고 마셔댔고 부모님이 그립다고 먹었다. 수십 년을 그렇게 살아왔다. 그러나 진짜로 나를 위로하는 한 잔은 없었다.

중독자에게는 술이 마음을 위로하는 효과를 주지 못한다. 음료도 음식도 아닌 독약일 뿐이기 때문이다. 중독은 병이다. 고쳐야 한다. 뚜렷한 치료법도 없다. 그냥 죽을 때까지 단주해야 한다. 단주하면 새로운 희망이 생긴다. 잃었던 일감이 생기고 흥미로운 일들이 생긴다. 떠나간 가족과 친구가 돌아온다. 다시 살아 움직이는 일상이 돌아온다. 깨어있는 상태로 사는 사람은 자기의 삶을 책임진다. 온전한 사람으로 다시 태어난다. 부활 그 자체다.

모든 것이 끝났다고 여겨지는 순간이 있기 마련이다. 그 때가 곧 시작이다
　-루이 라무르

정호승 시인의 「바닥에 대하여」라는 시를 인용한다.

바닥까지 가본 사람들은 말한다
결국 바닥은 보이지 않는다고
바닥은 보이지 않지만
그냥 바닥까지 걸어가는 것이라고
바닥까지 걸어야만
다시 돌아올 수 있다고

바닥을 딛고
굳세게 일어선 사람들도 말한다
더 이상 바닥에 발이 닿지 않는다고
발이 닿지 않아도
그냥 바닥을 딛고 일어서는 것이라고

바닥의 바닥까지 갔다가
돌아온 사람들도 말한다
더 이상 바닥은 없다고
바닥은 없기 때문에 있는 것이라고
보이지 않기 때문에 보이는 것이라고
그냥 딛고 일어서는 것이라고

5. 알코올중독의 뿌리는 수치심입니다

중독자가 아니더라도 수치스러운 상처나 기억 가진 사람 많다. 수치심은 스스로 부끄러워하는 마음이다. 죄책감과는 다르다. 수치스러운 행동을 할 때 부끄럽거나 쪽팔린다고 느낀다. 지나치게 느끼게 되면 행동의 위축을 가져온다. 주로 노출되고 싶은 데 거부당하거나 조롱당하는 경우에 나타난다. 굴욕감이 생기게 되고 무기력감을 느끼며 숨고 싶어한다. 숨고 싶다고 해서 모든 사람들이 술에 의존하지는 않는다.

모든 중독자는 수치스러운 상처가 있다. 어릴 적 상처를 이겨내지 못하고 술에 의존하는 사람만이 알코올중독자이다. 어린 시절 버림받았거나 거절당한 경험에서 느꼈던 수치심이 모든 수치심의 '원조'이다. 따돌림받아 빈정 상하게 된 것도 버림받은 느낌과 같은 감정이다. 사랑 받지 못하고 거절 받은 것에 대한 수치심을 가슴속에 몰래 묻어둔다. 어려서 생긴 수치심은 좀처럼 없어지지 않는다. 평생을 부끄러워하며 드러날까 두려워 조마조마한다. 누구나 탁구공만 한 수치심을 농구공 크기로 인식한다. 그래서 두려움도 몇 배로 키워 놓는다.

나의 수치심은 골이 깊다. 뿌리는 어디인가? 학교에 들어가기 전, 셋째 형과 작은누나 우리 셋은 같이 화투를 치고는 했다. 한참 판이 돌아갈 때 "어이! 저기 봐라!" 그쪽으로 고개를 돌리면 그 틈에 알짜 화투장을 슬쩍 가져간다. 매번 진다. 다음 판에도 이런 식으로 또 속는다. 멍청하다고 놀림 받는다. 과자를 먹을 때도 마찬가지다. 가위바위보를 해서 하나씩 꺼내먹기 게임을 한다. 주의를 돌리는 장난에 속고 그 틈에 그들은 꺼내 간다.

머저리라고 조롱한다. 어린아이의 감정에도 쓸모없는 사람이란 느낌이 든다. 수치심이다. 그래서인지 도박과 군것질을 일절 하지 않는다. 로또도 안 사고 흔한 벽돌 깨기 게임조차 안 한다. 스낵 과자류도 먹지 않는다. 초코파이 같은 빵으로 된 과자만을 먹는다.

초등학교에 입학하고 성적 때문에 겪은 수치스러운 기억이 많다. 변변찮은 성적에 형, 누나는 '돌연변이'라고 놀렸다. 6남매 중 나만 공부를 잘하지 못한다고 놀렸다. 심지어 다리 밑에서 주워 온 게 아니냐고 약 올렸다. 너 같은 돌대가리는 처음 봤다고 했다. 막내라고 '쫄'로 깔보곤 했다. 부모님 귀여움을 독차지해서 생긴 질투심으로 해코지한 거일 수도 있다. 싸움을 못한다. 초등학교 때 싸움으로 이기는 애보다 지는 애가 훨씬 많았다. 운동도 신통치 않다. 특히, 축구는 허구한 날 수비수다. 어떨 때는 게임에 나가지도 못하고 벤치워머 신세다. 비쩍 말랐고 힘도 없다. 편식이 심해 살이 붙지 않았다.

별명이 '조선갈비'였다. 남 앞에서 발표도 못한다. 선생님이 호명할까 늘 불안하다. 방학 때 큰집에 간다. 늘 강가에서 놀던 시골 아이들은 수영을 잘한다. 나는 개헤엄밖에 못한다. 어머님이 운동회나 소풍에 따라오는 게 싫었다. 늦둥이를 낳은 우리 엄마만 나이가 많다. 할머니가 따라온 게 아닌가 착각할 정도였다. 고등학교 때 집안이 파산했다. 제법 살다가 난데없이 닥친 가난이 수치스러웠다. 가난이 빚어낸 빈궁함이 당황스러웠다.

예순이 된 지금까지도 수치심의 나무는 살아있다. 줄기에 주렁주렁 치부의 나뭇잎을 매달고 있다. 다행히 나이를 먹으며 나무가 더이상 자라지는 않는다. 몇몇 나뭇잎은 떨어지기도 했다. 지금도 수치스러운 순간을 맞이할까 불안하다. 수치심을 감추려고 서슴없이 거짓말을 한다. 그래놓고 거짓말이 탄로 날까 불안에 떤다. 사소한 것이라도 거짓말이 탄로 나면 부끄러워한다. 현실에서 도피하고 싶어한다. 이때 강하게 술 마시고 싶다는 마음이 든다. 알코올중독의 뿌리는 수치심을 감추려고 숨는 데에 있다.

한편으로는 부끄러운 자신을 감추려고 되레 잘난 척을 한다. 가진 척, 배운 척, 남다른 척, 잘생긴 척, 우성인자인 척. 모든 할 수 있는 척하기를 한다. 일종의 방어기제다. 잘난 척이 통하지 않을 대상에게는 주눅이 든다. 그 사람은 나보다 잘나서 해봤자 웃음거리만 될 수 있다. 자리를 피해 도망치고 싶어한다. 수치심은 죄책감을 불러온다. 알코올중독자는 평생 동안 수치심을 감추기 위해 스스로 전쟁을 한다. 중독자는 스스로 부끄럽기 때문에 남이 어떻게 볼 것인가에 예민하다. 나는 '이런 사람'이라고 내세우고 그 가짜 자아상을 지키려고 한다. 상대가 무례하면 무시한다고 반응한다.

중독자는 무시당하는 것을 가장 싫어한다. 자신을 알아주지 않는다며 화를 낸다. 자기 생각에 꽉 차 있어 남의 말을 끝까지 듣지 않는다. 소통할 마음이 없다. 이런 자기중심적 사고는 사람들과 어울리지 못하게 한다. 고립무원으로 술이 친구가 된다. 술만이 자기를 이해해준다고 생각하게 된다. 일순간은 술이 작은 자신을 감출 수 있는 도구가 되기도 한다. 마시면 일시적으로 당당해지고 목청을 돋운다. 존재감을 느낀다. 남의 시선을 의식하는 쑥스러움도 가라앉도록 해준다. 그러나 술을 많이 마시고 나면 수치심은 더 커진다. 술주정을 부렸다면 더더욱 수치스러워진다.

알코올중독의 뿌리에는 수치심이 있다. 숨기 위한 수단으로 술을 먹지 않아야 한다. 돌이키기 힘든 중독의 늪에 빠질 수 있다. 나는 이제야 술이 내면에 잘 있는 수치심을 오히려 끄집어낸다는 것을 알게 되었다. 술을 멈추고 잘 먹고 잘 자고 있다. 모임에도 나가고 좋아하는 강의에도 참가한다. 스피치강의, 글쓰기강의, 명상, 의식개발 과정 등이다. 해보고 싶었던 사업에도 첫발을 내딛고 있다.

하고 싶은 것을 안 하고는 못 배기는 사람을 '하고재비'라고 한다. 경상도 방언이다. 나는 어릴 때 하고재비였다. 루틴은 싫고 답답하다. 창의적이고 새로운 일을 꿈꾼다. 경영컨설팅, 여행사, IT웹페이지 제작, 부동산임대업을 하는 작은 법인을 창업했다. 조금씩 흥미로운 일을 찾으면서 수치심을 가라앉히고 성취감을 찾아가고 있다. 신나는 일상을 맞이하고 있다. 여러 번의 단주와 재음주를 겪으면서 단단해졌다. 이번 단주는 죽을 때까지 하려고 한다. 술을 끊어야 살 수 있다. 꿈이 없이 사는 것은 사는 게 아니다. 꿈 말고 앞으로 나아가게 하는 것은 없다. 꿈꾸고 회복하는 내 남은 인생을 스스로 꾸려야 한다. 하고재비는 꿈꾸는 자다. 미래에 사는 사람이다. 진취적이고 독창적인 상상에 빠져있는 내가 좋다. 이런 본능을 주신 부모님께 감사하다. 술 없이 미래를 꿈꾸는 나를 응원한다.

6. 술꾼에 관대한 우리나라

우리나라는 음주운전을 가볍게 여긴다. 최근 적발기준이 혈중알코올농도 0.03%로 낮아지고 벌금액 처벌 수위가 올라갔지만 술에 관한 처벌이 약한 편이다. 대만은 음주 운전자에게 1년간 형광 번호판을 달게 한다. 영국은 음주로 사망사고를 내면 14년~종신형에 처한다. 스웨덴에서 27살에 최연소 장관이 된 사람이 와인 2잔을 먹고 몇 시간 후 적발되어 장관직에서 사퇴했다. 0.02%, 우리나라에서는 적발 수치 이하이다. 훈방되는 수치이다.

우리나라는 대통령 출마자도 음주운전 전과가 있고 장관들도 수두룩하다. 우리나라는 술 소비가 많은 나라에 속한다. 서울도 술 많이 마시는 도시로 세계에서 유명하다. 우리나라의 술사랑은 대단하다. 현진건의 소설 제목처럼 술 권하는 사회이다. 술로 친해지고 우정이 쌓인다. 팀워크가 생기고 생산성을 높인다. 술을 정도껏 먹으면 활력제가 된다. 하지만 경계를 넘어서면 독극물이 된다. 그런데 그 경계가 모호하다. 술을 좋아하는 민족성은 쉽사리 바뀌지 않는다. 그러나 음주운전이나 음주폭행, 기물손괴 등 술로 인한 범죄에 대한 처벌은 강화해야 한다. 다른 나라는 '사회악'에 버금가는 죄질로 판단하기도 한다.

고등학교 때 술 마시고 몰려다니며 패싸움도 했다. 요즘처럼 CCTV가 없었고 사람들이 목격해도 그러려니 하고 스쳐 지나갔다. 시골 마을 한 살 많은 선배들이 술김에 이유 없이 때린다. 발바닥으로 가슴팍을 차고 넘어뜨린다. 우리도 한 살 후배에게 되갚는다. 군대도 똑같다. 한 달에 한두 번 설거지한 식기가 더럽다며 선임들이 쭉 세워 놓고 주먹과 군홧발로 가슴 명치를 차례차례 때린다. 후에 우리 동기들도 후임들에게 앙갚음한다. 늦게 입대하여 동생뻘 되는 선임에게 맞으며 이를 갈았던 나는 맞은 거보다 몇 배를 때리고 제대했다.

처음으로 파출소에 갔던 기억을 꺼내 본다. 고3, 어머니가 공부할 시간 아낀다고 무리해서 하숙을 시켜주었다. 같은 방을 쓰던 친구와 저녁밥을 먹고 산책 삼아 인근 초등학교에 갔다. 가면서 소주 2병과 새우깡을 샀다. 공부하라고 배려해 준 어머니는 안중에 없었다. 땅거미가 지는 시간이었다. 그네에 걸터앉아 1병씩 병나발을 불었다.

어둠이 내려앉는데 운동장 반대쪽에서 남녀 한 쌍이 걸어왔다. 가까이 다가오는데 친구가 여자를 보고 욕을 했다. 나도 한 번 본 적이 있던 친구의 여친이었다. 남녀 공학 중학교 동기동창 여친이 양다리를 걸친 거였다. 친구는 남자를 좇아가고, 남자는 도망을 치며 운동장을 가로질러 뛰었다. 도망 다니던 남자가 교련복 요대를 돌리며 그냥 멀뚱히 서 있는 나를 공격해 왔다. 어! 어! 영문도 제대로 모르고 요대 버클에 이마를 맞았다. 맞자마자 달려들어 넘어뜨리고 슬리퍼를 벗어 귀싸대기를 때렸다. 이마를 짚어보니 핏덩어리가 손가락 사이로 밀려 나왔다.

하숙집으로 뛰어갔다. 하숙집 주인아저씨가 운전하는 택시를 타고 병원에 갔다. 정맥혈관을 묶고 꿰맸다. 택시 시트 커버 하얀 헝겊이 피로 물들었다. 당사자도 아닌데 왜 나를 공격했을까? 알다가도 모를 일이었다. 하숙집 아줌마 신고로 둘이 파출소에 잡혀 있었다. 나도 붕대를 감고 파출소에 가서 간단하게 취조를 받았다.

다음날 학교에 가니 친구와 나를 교무실에서 부른다. 다짜고짜 선생님이 귀싸대기를 때린다. "너네는 선배도 몰라보고 쌈박질하냐?" 알고 보니 가해자는 그해 우리 학교를 졸업한 인근 국립대학교 1학년 학생이었다. 가해자의 아버지는 교감 선생님과 가까운 지인이었다. 싸움에 상처 입고, 선생님께도 맞았다. 억울했다. 선생님이 파출소 일도 쌍방합의로 없던 일로 만들어 버렸다. 가해자도 슬리퍼에 얼굴이 긁혔고 찢어진 바닥 때문에 살이 집히는 상처가 났다며 상해진단서를 제출했다. 그들 싸움에 휘말린 나만 피해자가 되었다. 고3, 천금같이 소중한 시간을 원망하고 분노하며 보냈다.

우리나라는 술 마시고 주사를 부리는 것을 웬만해선 범죄로 취급하지 않는다. 술에 취하면 환각작용을 일으켜 남에게 피해를 입힌다. 그래도 합의만 보면 대충 유야무야 된다. 폭행이 있었어도 합의 보면 서로 묻어 버린다. 술김에 일어난 일이고 기억이 안 난다고 우기면 정상참작 된다. 술로 일어난 사건은 대수롭지 않게 여기는 시민의식이 깔려있다. 나도 주사를 부려 다른 사람에게 많은 상처를 가했다. 때리기도 했고 욕도 하고 조롱도 했다. 모멸감 주고 기분도 상하게 했다.

총각 때, 결혼 앞둔 친구 처가에 함을 팔러 갔다. 청사초롱을 들고 있는 함진아비 아니다. 함 사라고 진진바리를 떨며 동네방네 소리 지르고 피해를 입혔다. 우여곡절 끝에 함을 집에 들이고 술상을 받는다. 술을 먹고 비틀거리며 술주정을 부렸다. 휴대폰 회사 기지국 습

도관리 사업을 하는 친구와 은행 다니는 친구의 장모는 나랑은 깊이 사귀지 말라고 충고했다고 한다. 개차반에 망나니라고, 이런 친구와 가까이 지내면 신세 망친다고.

중독자 자신만이 경계를 알 수 있다. 이러다가는 중독자가 될지도 모른다는 그 지점을. 경계를 넘으면 걷잡을 수 없이 무너진다. 중독자의 길로 접어든 것이다. 중독도 단계가 있다. 시간이 지날수록 중증 단계로 접어든다. 가정이 깨지고 실직, 파산, 질병, 우울증이 심해지면 노숙자가 된다. 환청, 환시, 환촉을 경험하는 사람도 있다. 조현병이 생기기도 한다. 정신분열 병자가 되는 것이다. 특이하게도 나는 술 때문에 곱추병에 걸린 사람을 본 적도 있다. 중독치료 관련 책에 나오는 문구가 있다. "나도 살고 남도 살자!" "내가 먼저 살고, 남도 살도록 하자!"

술에 관대한 우리나라와 술을 사랑하는 애주가 그리고 중독자는 각각 변해야 한다. 첫째, 애주가는 경계를 넘지 말아야 한다. 조절기능을 잃지 않아야 한다. 평생을 애주가의 단계에 머물러 있어야 한다. 둘째, 중독자는 지금 벗어나서 깨어나야 한다. 1천 명 중 1명만이 알코올중독에서 완전히 벗어난다고 한다. 0.1%의 확률이다. WHO가 비만을 질병으로 분류했다. 고도비만자가 다이어트에 성공할 확률은 0.5%라고 한다. 알코올중독에서 벗어나기가 얼마나 어려운지 짐작이 간다. 셋째, 정부는 음주 처벌 수위를 조금씩 단계적으로 높여 나가야 한다. 특히 음주 사망사고, 음주 뺑소니, 음주 성폭행, 음주 데이트폭력 등은 일벌백계 하여야 한다. 그래야 정의로운 나라가 된다.

7. 해장술 / 깡술 / 혼술

중독자들은 주로 소주를 마신다. 저렴하고 구하기 쉬운 희석식 소주만 고집한다. 요즘은 2홉들이 병 소주 외에 플라스틱 용기에 담긴 4홉 소주가 나온다. 병보다 안전하고 부피도 작다. 중독자들은 밤낮을 가리지 않는다. 중독자들은 안주를 좋아하지 않는다. 안주로 배를 채우면 그만큼 술을 마실 위장공간이 없어지기 때문이다. 중독자들은 대작할 친구나 동료가 없어도 괜찮다. 혼자 마셔도 행복하기 때문이다. 중독자들은 아침부터 마시는 해장술, 안주 없는 깡술, 혼자 마시는 혼술을 즐긴다.

'진정한 술꾼'이란 말이 있다. 술 권하는 문화, 서로 술잔을 돌리는 문화에서 생겨난 말이다. 남자는 원 샷을 해야 진정한 술꾼, 두 병은 마셔야 진정한 술꾼. 이런 식으로 갖다 붙이고 술 마시라고 강요했던 문화가 있다. 불과 몇 년 전까지도 그랬다.

아파트에 살 때 편의점이 근처에 많았다. 슬리퍼 신고 조금만 걸으면 되니 아무 때나 술을 사러 간다. 문제는 투명 봉지에 담아 준다는 거다. 안에 있는 소주가 보이는 것이 창피하다. 아파트 경비아저씨 시선이 신경 쓰인다. "까만 봉지는 없나요?" 편의점은 자기네 로고가 박힌 봉지를 사용한다. GS편의점은 까만색과 투명 두 가지가 있다. 다행히 아파트에서 제일 가까운 편의점이 GS이다.

4년 전부터 시골집에서 산다. 편의점이 멀다. 게다가 투명 봉지를 쓰는 편의점이다. 차로 가기도 하지만 숙취가 있거나 술 마시던 도중이면 걸어서 간다. 목줄 매고 강아지와 함께 가기도 한다. 왕복 5km 정도이다. 술 마시고 싶은 충동이 일어나면 그 정도의 수고는 아끼지 않는다. 중독자지만 줄이고 싶어한다. 딱 2병만 먹어야지! 언제나 2병만 산다. 먹다가 모자라 다시 가더라도 2병만 산다. 개 줄 끌고 돌아온다. 뒤통수가 따갑다. 참 딱하다! 라는 표정으로 바라보는 동네 어르신 시선을 의식한다.

다음부터는 백 팩을 메고 간다. 시골 마을길을 백 팩 메고 걷는 것이 어색하지만 봉지보다는 한결 낫다. 편의점 사장님이 "또 오셨네요?" 쪽팔리지만 다음 편의점은 3km를 더 가야 한다. 시골 편의점은 오전 7시부터 밤 11시까지만 장사한다. 한밤에 잠이 오지 않으면 술 마시려고 밖으로 나가 콜택시를 불러 사무실로 간다. 옆방에서 자는 아내의 눈치가 보여 살금살금 궁중걸음으로 걷는다. 오전 2시든 4시든 가리지 않는다. 편의점 들러 술을 사서 사무실 소파에 앉아 술을 마신다. 8시가 넘어 직원들이 하나둘 출근하면 서둘러 퇴근한다. 7시 20분이면 아내가 출근해서 집에 강아지만 있다.

편의점 들러 2병만 사서 집으로 돌아온다. 혼자라는 안도감에 마음 편하고 만족감이 느껴진다. 아침부터 해장술을 마신다. 거기다 혼술이다. 안주도 안 먹는다. 10년 전부터 안주로 배를 채우기 싫어 안주를 멀리하다 보니 어느새 습관이 되었다. 체면 세우느라 비싼 안주를 시켜도 안주로 배를 채우지는 않는다. 며칠을 계속 마시면 기름진 음식과 파, 마늘에 구역질이 난다. 양념된 반찬은 더 심하다. 사과 반 쪽이면 2병 안주가 된다. 마른멸치 몇 개, 다시마 한 조각도 된다. 참

쌀떡 1개도 되고 붕어빵 한두 개도 된다.

밀가루 음식은 헛구역질이 덜하다. 술을 마시면 먹은 게 별로 없어도 배설 욕구를 자주 느낀다. 변기에 앉아도 나오는 것은 거의 없다. 아랫배가 부글거리고 트림 나고 오바이트가 올라온다. 이렇게 해장 술, 깡술, 혼술을 마신다. 한번 시작되면 열흘이든 보름이든 계속된다. 주말을 건너뛰고 평일 5일씩을 징검다리 건너듯 마시기도 한다.

2014년 세월호 사고 다음 달 어머니가 돌아가셨다. 어버이날이었다. 아버지 여의고 장장 35년을 홀로 지내셨다. 효도도 받으셨고 자식 여섯이 모두 이혼하지 않았다. 자식을 앞세워 저세상 보내지도 않았다. 92세 장수하셨다. 어머니를 여의고 몇 년 동안 그리움에 허구한 날 눈물이 났다. 술이 눈물로 나오는 것 같았다. 아버지 품이 넓었다면, 어머니의 품은 따뜻했다. 지금도 어머니가 보고 싶다. 60살인데도 가끔 5살 어린애가 된다.

심리학자들은 알코올중독자의 성격적 결함으로 유아적 감정을 이야기하곤 한다. 유치하고 감정적으로 예민하며 과대 망상적이라고 한다. 프로이드가 말한 '구강기'에 머무르고 있는 것 같다. 입과 입술, 잇몸 자극에 쾌감을 느끼는 수준이다. 쪽쪽 빨아 먹어야 만족한다. 술잔의 마찰과 액체인 술 자극의 쾌감 때문에 중독에 이르는지도 모른다. 많은 알코올중독자는 아직도 구강기에 있는 것 같다. 노년 초입에 접어들었는데도 꿈이 유아적이다. 부모님이 그립고 누구에게든 기대고 싶다. 칭얼거리고 싶고 떼쓰고 싶다. 힘들다고 울고 싶고 인정받고 싶다. 누군가의 보살핌 속에 머물러 있고 싶다.

이제 그럴만한 존재는 아내밖에 없다. 하소연할 대상이 없다. 형,

누나는 한 치 건너이다. 어렵기도 하고 창피하기도 하다. 무력함을 알리고 싶지도 않다. 우리 부부는 순망치한의 관계이다. 아내 없으면 내가 안 되고, 아내도 내가 없으면 안 된다. 그만큼 서로 필요한 존재이다. 소중함도 이루 말할 수 없다. 아플까 봐 걱정, 다칠까 봐 걱정이다. 아마 아내 입장에서는 내가 자식 같이 느껴질지도 모른다. 어머님의 부재와 유아적 감정으로 연민에 빠진다. 술을 찾는 구실도 되고 술 마시고 나서 슬퍼지는 요인도 된다.

단주모임에 간다. 해장술을 커피나 탄산수로 대체했다. 규칙적인 일의 순서를 바꾸어 보기도 한다. 쳇바퀴 도는 일상에 변화와 자극을 준다. 팔굽혀펴기처럼 가벼운 운동도 시작했다. 선선해지면 자전거로 출근 하려고 한다. 강아지와 산책을 한다. 하루 만 보를 채우려고 한다. TV를 보는 습관을 고쳐야 한다. 거치대에 태블릿 PC를 달고 영화를 본다. 밝기를 조금 어둡게 조정하고 잡생각을 놓고 본다. 잠이 솔솔 오면 그냥 자면 된다. 이렇게 아내가 잠들기를 기다려 술을 마시는 습관도 날려 버렸다. 일찍 잠자리에 들거나 온라인강의를 듣는다. 마트에서 술을 보아도, 앞자리에서 친구가 술을 마셔도 별다른 감정 반응이 없다.

해장술, 깡술, 혼술만 안 해도 회복이 어려운 중독자로 전락하지 않는다. 중독자는 이불속, 속주머니, 여기저기에 숨겨둔 술이 있다. 감추어 둔 술과 선반 위 담금주는 당장 버려야 한다. 술 마시고 싶은 충동이 올라오면 담대하게 맞장을 떠야 한다. 어서 오거라! 술 갈망아! 충동아! 한 판 붙어 보자!

제3장

술은 나를 해쳤다

1. 불면증의 시작

불면장애란 잘 수 있는 시간과 기회가 있음에도 불구하고 수면의 시작, 지속 그리고 질에 문제가 있어 주간 활동에 문제를 야기하는 상태라고 정의한다. 원인은 생활리듬이 바뀌는 경우, 시차 문제, 소음, 만성적인 신체질환, 우울과 불안 등 심리적 문제도 있다. 알코올 중독자의 불면장애는 우울과 불안한 감정에서 기인한다. 중독자들은 누구나 우울증, 불안증을 함께 가지고 있다. 중독자는 백이면 백 불면증이 생긴다. 술 의존에 접어들면 초기부터 불면의 조짐이 나타난다. 중독이 심해지면 잠을 잘 못 자는 심각한 상태에 이르고 손 떨림, 위장기능 장애, 간 기능 문제까지 총체적 합병증세가 생긴다.

나의 불면증은 어머니가 돌아가신 2014년쯤 시작되었다. 누워도 잠이 안 와 숫자를 세고 '무념무상, 무념무상'을 되뇌이며 만트라를 외우듯 읊조린다. 똑바로 누웠다가 옆으로 눕고 이리저리 뒤척인다. 편안한 자세를 찾으면 온몸의 힘을 뺀다. 릴랙스 된 상태에서 '나는 편안하다.' '나는 고요하다.'라고 진언처럼 주문을 외운다.

어머니가 돌아가신 슬픔도 불면을 가중시켰다. 피골이 상접한 마지막 모습이 안쓰럽게 떠오른다. 온전히 효도를 못 한 것도 죄스럽다. 돌아가시고 나니 그간 말 안 듣고 대든 것이 후회된다. 불면증이 토막잠으로 나타난 것은 방에 처박혀 혼술을 시작한 때인 것 같다.

간신히 잠이 들었다가도 악몽을 꾸고 깬다. 시계를 보면 15분을 잤다. 늘 15분마다 깨는 토막잠이다. 가위에 눌린다. 물리적으로 공격 당하고 쫓기다가 깬다. 방어하느라 주먹을 내지르는데 손이 안 나간다. 어! 어! 하다가 깬다. 식은땀이 등줄기를 타고 흐른다. 이불이 땀으로 끈적끈적하다. 자다가 악! 악! 하고 고함을 지른다. 비명이다.

아내는 정신과 치료를 권한다. 어쩔 수 없이 여러 병원에 갔다. 심리검사도 받았다. 한 의사는 A.A라는 단주모임을 권했다. 난생처음으로 A.A라는 모임을 알게 되었다. 그래도 모임에 가지는 않았다. 중독자 아니고 멀쩡한데! 의사가 마음을 알면 얼마나 안다고! 스스로 처방한다. 잠꼬대도 한다. 가만두지 않겠다고 욕하고 저주한다. 실제로는 내가 겁에 질려 있는 것 같다. 살기 위해 방어진을 치는 것이다. 잠결에 홀로 지랄을 한다. 잠꼬대 때문에 아내와 각방을 쓴지도 20년이 넘었다.

아내가 수면제 처방을 권해도 병원에 가지 않는다. 약에 의존하면 정신병자라고 인정하는 것 같다. 미친 사람이 아닌데 왜 정신과에 가냐고 반항한다. 술 몇 잔이면 수면제처럼 잠 잘 수 있는데 의사 앞에서 과거를 들먹이며 지질해지고 싶지 않다. 불면이 오고 나서 술을 먹지 않으면 밤을 하얗게 새운다. 어느 날은 30분을 자고, 2시간을 자기도 한다. 낮에 퇴근해 술을 진탕 마시고 부족한 수면을 채운다. 몰아서 잔다. 낮과 밤이 바뀐다. 시간이 뒤죽박죽된다. 무기력해지고 생기를 잃어 간다. 자존감이 낮아진다. 진짜 알코올중독자가 아닌가? 하고 의심한다.

겉으로는 부정하지만 속으로는 중독자라고 조금씩 인정하게 된다. 불면증이 술 때문에 생긴 건지? 술 없으면 잠을 잘 수가 없어! 라고 핑곗거리를 만들어 술을 탐하는 건지 헷갈린다. 원한, 적개심, 분노가 불면을 야기하는 걸까? 술 없이는 못 잔다는 신념이 불면의 원인일까? 나의 답은 후자이다. 불면증은 라이프 사이클을 왜곡시킨다. 불규칙한 수면은 일을 잘 해내지 못하게 한다. 약속을 어기거나 미루게 된다. 신뢰를 해쳐 관계가 깨진다. 생체리듬도 무너진다. 잠 부족으로 예민해져서 남에게 짜증을 낸다.

어느 날 깨어보니 7시. 10시에 서울에서 회의가 있어서 가야 하는데 급하다. 서둘러 씻고 옷을 입는다. 콜택시를 부른다. 택시에서 앱으로 KTX 차표를 예약한다. 날짜를 입력하고 열차 조회를 하는데 이상하다. 아침인 줄 알았는데 전날 오후다. 해프닝이다. 이런 착란 증세가 해마다 있다. 잠은 눈이 감긴 채로 뇌 활동이 쉬는 상태이다. 피로 해소와 재충전의 시간이다. 하루를 지내며 겪었던 기억을 정리하고 뇌에 휴식을 준다. 뇌의 독소도 제거하고 신체의 고통을 회복시킨다. 불면에 시달리는 알코올중독자의 잠은 취해서 기절해 있는 상태가 아닐까?

이름을 밝힐 수는 없지만 한 중독자의 사례를 들어본다.

이틀을 잠을 못 잤다. 술을 마셔도 잠이 안 온다. 중증중독이다. 술이 떨어졌다. 농촌에 산다. 술 취해 음주운전으로 차를 몰아 슈퍼에 간다. 슈퍼는 10리 밖에 있다. 운전으로 오고 가는 내내 경찰 싸이카 3대가 뒤따르며 Convoy를 해 준다. 술 사서 집에 오니 기와집 처마에 소복을 입은 처녀귀신 셋이 거꾸로 매달려 있다. 기겁했다며 내게 해 준 이야기다. 사이렌 소리는 환청이고 경찰과 시체를 본 것은 환시이다.

중독은 정말 무서운 병이다. 불면증은 약으로 치료해야 한다. 술 마시고 잠을 청하면 중독의 낭떠러지로 떨어진다. 알코올중독자가 불면이 심해지면 때와 장소, 사람을 알아보지 못하는 섬망증상이 나타나거나 환청, 환시, 환촉을 경험하기 십상이다. 술은 약이 아니다. 독이다. 반드시 불면증은 약으로 극복해야 한다.

동의보감에 술이 묘약이라는 말이 있다.

효능이 묘해서 마시면 기분이 좋아지고 잠도 잘 오는 오묘한 효과가 있다고 했다. 허준 선생이 큰일 날 소리를 하고 있다. 잠들기 위해 처음에 몇 잔, 그다음에 반 병 그리고 한 병 늘리다가 중독이 온다. 동의보감에 술이 수면제인양 쓰여 있다니 아이러니하다. 불면증은 약으로 극복하거나 운동, 카페인 들어 있는 음식 자제, 반신욕, 차나 향의 도움을 받아야 한다. 간혹 잠 때문에 중독이 되었다는 사람도 있지만 대부분은 술 때문에 우울증과 함께 불면증이 생긴다.

"신은 근심에 대한 보상으로 희망과 잠을 주었다"고 볼테르가 말했다. 결국, 신은 모든 사람에게 골고루 근심과 걱정을 나누어 준 것이다. 누구나 비슷한 만큼의 근심이 있다면 두 가지 중 하나를 택해야 한다. 걱정거리를 자기 삶에서 녹여내어 해답을 풀 것인가? 아니면 해결책도 없이 오로지 그 생각에 꽂혀 있을 것인가? 이다. 나는 수면제를 먹어본 적이 없다. 여러 차례 단주에 도전할 때, 정상적인 수면으로 회복하기까지 1~2달이 걸렸다.

　잠이 안 오면 책을 보거나 창의적인 생각, 영감을 떠올리며 메모했다. 신나는 생각으로 바꾸었다. 걱정되는 생각에 매달리지 않으려 노력했다. 쪽잠을 자고 새벽 4시에 일어났다면 블로그에 글을 올리거나 사업 아이템을 찾으려 인터넷에 매달렸다. 한두 달 뒤에는 정상적인 수면이 돌아온다. 지금 나는 오후 10시에 잠들고 5시 반에 일어난다. 알람이 없어도 대체로 정확하다.

2. 외로움을 피해야 했다

　종가의 종손으로 사랑을 독차지하고 살더라도 외로운 느낌은 안다. 외로움의 사전적 의미는 '세상에 홀로 떨어져 있는 듯이 매우 외롭고 쓸쓸함'이라고 한다. 외로움은 친구가 몇 명인지 사회성은 있는지와는 상관없다. 주변 지인과 얼마나 친밀한 관계를 맺고 있느냐가 중요하다. 태어나서 외로움이라는 감정을 언제 처음 느꼈는지 기억은 없다.

　방학에 친척집에 가거나 수학여행을 가면 설렘이 있었다. 외롭다는 감정이 어떤 건지 몰랐던 것 같다. 어릴 때 축구경기에 뛰지 못하게 되었을 때의 느낌도 외로움인가? 버려진 느낌이다. 열일곱 살 아버지를 여의고 태산 같았던 존재가 사라지자 홀로 남겨진 기분이 들었다. 아버지는 빚을 물려주었다. 빚을 감당하게 된 어머니와 시골에 단 둘이 남겨진 현실은 섬에 고립된 것 같은 외로움이었다.

　중독 증세가 나타나면서 자주 외톨이가 된 기분이 들었다. 특히 혼자 술을 마시면 고독해진다. 아니, 스스로 고독에 빠져든다. 혼술을 하면 처량해진다. 그래서 알코올중독을 '고독의 병'이라고 한다. 앞날이 불안하고 일이 잘 안 풀릴 것 같다는 막연한 두려움이 밀려온다. 혼자 모든 짐을 지고 있다고 현실을 원망한다. 스스로 불쌍하다고 자기연민에 빠진다. 이쯤 되면 중증 중독자가 된 것이다. 벗어나기 어렵다. 약으로도 안 된다. 극복하려는 의지는 매번 꺾이고야 만다.

2014년 어머니 별세는 52살의 나이에도 큰 절망을 안겨 주었다. 아내도 있고 형, 누나도 있지만 어머니의 '무조건적 사랑'을 대신할 수는 없다. 조금만 슬픈 드라마를 보아도 눈물이 난다. 어머니에 대한 그리움은 외로움을 낳았다. 먹튀 사고와 코로나는 자금난을 불러 왔다. 직원급여일이 다가오면 겁이 나서 술에 빠져든다. "이 달은 회사살림이 어때요? 많이 모자라나요?" 물으면 달마다 틀리지만 절박한 응답이 온다. "2억이 부족합니다." "1억 5천이 부족합니다." 매달 억대로 모자란다. 급전으로 1달 만에 갚는 것도 있다. 돌려막기다. 1억을 오늘 이자와 함께 갚고, 오늘 다른 데서 다시 꾸어 항상 1억의 빚을 돌린다.

4년 동안 쉼 없이 매달 이런 살림을 하니 사업이 재미없다. 고충을 상의하거나 토로할 친구도 없다. 무거운 짐을 혼자 졌다고 불만을 늘어놓는다. 늘 전문경영인에게만 이야기한다. 하지만 그도 듣기만 할 뿐이다. 그도 급여생활자니까. 괜히 그 사람 의욕만 꺾어 놓는다. 사업이 잘되지 않으니 매일 술에 빠져 산다. 악순환이다. 정신 줄을 잡아도 안 될 판에 혼술에 빠져 일을 방치하니 될 일도 안 된다. 술에 빠진 사이 매출이 줄고, 일 잘하는 사람이 떠난다. 사기꾼들이 꼬인다. 줄어드는 매출을 보전하려고 무리하게 영입했다가 된통 당한다. 자금난은 더 심각해진다. 고금리의 사채를 써서 근근이 한 달 한 달 모면한다. 점포를 폐쇄하고 직원을 해고한다. 매출은 점점 쪼그라든다.

술은 판단력을 흐리게 한다. 남 탓이라고 투사하고 술김에 결정한다. 사람을 뽑을 때도 술에 취해 뽑아 놓고 후회한 적 많다. 겉으로 티내지 못하고 혼자 가슴앓이한다. 혼술을 하며 '외로움의 강' 속으로 잠수해 들어간다. 오랜 기간 술을 마시면 폐인의 몰골이 된다. 머리는 떡 져 있고 피부는 푸석이며 입 주변은 뾰루지 천지다. 음식을 못 먹어 체중이 10kg 넘게 빠진다. 샤워를 안 하고 속옷도 갈아입지 않는다. 퀴퀴한 냄새에 강아지도 외면한다. TV마저 없다면 더 외로울 것이다. 혼자 술을 마실 때 TV를 켜 놓는다. 잘 보지도 않으면서 리모컨 채널은 수시로 돌린다. 먹 방도, 개그맨 나오는 예능도 재미가 없다.

A 연예인은 좋아하고 B 연예인은 싫다. 리모컨을 돌리다 싫은 연예인이 나오면 그 프로그램 전부를 안 본다. 트로트도 아이돌도 싫다. 음악프로는 '싱어게인' '뜨거운 씽어즈'처럼 가슴을 울리는 것만 골라 본다. 포크송과 발라드를 좋아한다. 먹는 방송은 '한국인의 밥상'과 '나는 자연인이다'를 즐겨 본다. 인문학 다큐멘터리는 일부러라도 찾아서 본다. '이태원 클라쓰' '스타트 업' 같은 성공스토리 드라마도 좋아한다.

외롭다고 술에 기대는 것은 애주가에게 활력제가 될 수 있다. 하지만 중독자에게는 독이 된다. 외로움을 더 가중시켜 자기연민에 빠지고 자신을 비하하게 된다. 어떤 알코올중독자는 술병을 들고 있던 내내 인간의 행동이 아닌 괴물이 되었다고 고백했다. 스스로 폐인이 되든, 괴물이 되든 술 때문에 본성을 잃는 것은 분명하다. 외로움을 이겨내려고 마신 술에 중독자가 되고 가족, 친구의 마음마저 떠나가게 만든다. 결국은 혼자 남게 되고 고독의 늪에 더 깊이 빠져들게 된다. 제 무덤 자기가 파는 꼴이다.

중독자 셋 중 둘은 알코올성 기분장애를 가지고 있다고 한다. 우울증이나 조증이다. 조증은 비정상적으로 들떠 기쁨을 느끼는 상태이다. 자살률은 우울증보다 적지만 폭음하는 경우는 더 많다고 한다. 내가 경험하지는 못하였지만 환시, 환촉의 경험을 들으면 섬뜩해진다. 거미가 피부를 기어 다니거나 쥐 떼가 발밑을 오가고 벽지 무늬가 사람 그림자로 보인다고 한다. 거기까지 가면 살아있는 것이 죽음보다 고통스럽다고 한다. 중독은 지옥에서 형벌을 받는 것처럼 무서운 병이다. 어떤 환청 경험자는 땅만 보고 걸었다고 한다. 앞을 보면 윙윙거리는 소리와 본인을 저주하는 욕지거리가 끊이지 않고 들린다고.

외로움을 피하려면 다른 무언가에 꽂혀야 된다. 운동이나 동호회도 좋다. 등산, 요가도 좋다. 요즘, 나는 어렸을 때 하고 싶었는데 못한 것을 찾아내 즐기고 있다. 반년을 명상과 의식개발 훈련에 투신했다. 책 쓰기, 스피치 강의도 들었다. 신나서 몰입하는 나를 보면 경이롭다. 하고 싶은 것이 아직도 많다. 맛 칼럼도 쓰고 싶다. 관광 가이드나 역사해설사도 괜찮을 것 같다. 새로운 세상에 빠져 노년을 보내고 싶다. 60살은 제 2의 인생을 시작할 만큼 한창때다.

"사람들은 혼자 있으면 외롭다고 생각하지만 나는 그것이 사실이 아니라고 생각한다. 맞지 않는 사람들에게 둘러싸여 있는 것이 세상에서 가장 외로운 일이다."—킴 컬버트슨

3. 나는 왜 이렇게 사는가

알코올 의존은 보상회로가 활성화한 결과라고 한다. 술을 마시면 도파민이라는 물질이 나와 기분이 좋아진다. 보상받는 기분이다. 담배의 니코틴과 비슷하다. 처음에는 몇 잔으로 기분이 좋아지지만 점점 술을 늘려야 효과가 나타난다. 내성이 생겨 술의 양을 늘리다 보면 중독에 빠지게 된다. 중독이 되면 뇌세포가 변형된다. 조절해서 마시게 하는 능력이 사라지고 알코올성 치매가 생기는 원인이 되기도 한다.

술 때문에 저지른 과오를 밝혀본다. 남에게 말로 상처를 주었다. 말로 하는 공격은 물리적인 것보다 더 아프다. 돈, 인간관계 등 다 힘들었다. 그래도 상관없는 사람에게 막말을 하면 안 된다. 가족이나 친한 동료, 친구에게 화풀이했다. 지근에 있는 만만한 사람에게 피해를 입혔다. 택시기사나 술집 주인과 종업원에게 사소한 일로 실수한다. 낯가림을 감추고 남 앞에서 당당해지고 싶었다. 어릴 때 친구와 어울리며 접한 술은 평생 족쇄가 되었다. 빠져나오기 쉽지 않다. '술 먹으면 개'라고 하더라. 결점이 되고 평판이 나빠졌다.
직장인이 되고 나서는 스트레스 풀려고 마신다고 했다. 친해지려고 마신다고 했지만 동료도 친구도 떠나가게 만들었다. 고객을 늘리려고 마신 술은 고객이 영영 돌아오지 않게 했다. 선을 넘는 순간, 모든 것을 앗아간다. 그동안 쌓아온 이미지도 신뢰도 무너진다. 아내와 불화가 생기니 집에 가는 게 싫어진다. 잠들었을 때 까치발로 들어가 잠만 자고 출근한다. 소통이 안 된다. 아내와 다툼이 잦아진다. 주말 내내 둘이 붙어 있어야 할 때는 가시방석에 앉은 기분이다. 죄를 씻듯이 설거지도 하고 빨래를 널고 차곡차곡 갠다.

아내가 주인이고 내가 손님인 듯 눈치를 본다. 반면, 회사 직원들은 내 눈치를 많이 보게 만든다. 간혹 출근해 밀린 일을 몰아서 한다. 내가 시킨 일부터 처리하게 한다. 집에서는 맥을 못 추다가 회사에서는 군림한다. 경영위기 회사를 쓰러뜨리지 않고 버텨내는 나를 인정하고 존경하길 바란다. 집에서 무너진 자존감을 밖에서 세우려 한다.

2004년부터 등산을 많이 했다. 아들과 지리산 종주도 하고 동호회에 들어가 많은 산행을 했다. 초등학생 아들과 100봉 오르기를 하다가 아들이 캐나다 유학 가게 되면서 그만두었다. 산 정상에 오르면 성취감이 든다. 굽이굽이 척추처럼 이어진 산의 등줄기를 보면 숨통이 트인다. 2008년에는 안나푸르나 트레킹도 다녀왔다. 모임에 가입하고 동호인들과 친해지면서 술을 많이 마시게 된다. 금방 뜨겁게 친해진다. 그들과 산에 가면 즐겁고 신이 난다. 술 중독에 빠지면서 산행 횟수가 점점 줄어들었다. 비박을 하거나 산에서 술을 마시면서 진한 농담을 해서 사람들이 떠나가게 만들었다.

2018년 '통풍'이란 질환이 걸리면서 요즘은 등산을 하지 않는다. 술이 원인이 되어 통풍이 왔다. 참기 힘든 통증이다. 1~2년마다 재발하여 혈압약처럼 평생 약을 먹고 관리해야 하는 질환이다. 통증이 참을 만 해지면 또 술을 마신다. 병의 원인이 술인데도 말이다.

술에서 벗어나려고 마음과의 여행인 의식개발 코스에도 다녔다. 2002년부터 시작했다. 수십 번의 코스를 다녔다. 우리나라는 물론 미국, 독일에 여러 번을 다녀왔다. 코스를 마치고 몇 주, 어떨 때는 한 달이 지나면 어김없이 다시 술독에 빠졌다. 좌절했지만 아내는 그만큼이라도 견디는 걸 신기해하며 자꾸 코스에 가기를 권했다. 1년을 코스에 투신하다가 2년을 가지 않는다. 또 한두 번 갔다가 몇 년을 가지 않는다. 코스비가 아까워서 신중히 결정한다. 그래도 술 때문에 죽겠다 싶으면 코스로 돌아갔다. 머리를 깎고 절에 들어가는 심정으로 몰입했다. 지푸라기라도 잡아야 했다.

술에 늘 무너지고 굴복하는 내가 싫었다. 반년을 108배를 하기도 했다. 한 번이지만 3천 배도 해봤다. 그래도 술에서 벗어날 수 없었다. 술은 끈질기게 달라붙는 탐욕스런 채권자처럼 나를 옭아매고 있었다. 이렇게 마시다가 죽을지도 모른다는 강박에도 순간 갈망에 항복했다. 술 앞에 무력한 나를 비하한다. '나 같은 놈은 죽어도 싸!' 다른 사람에 대한 복수심에 치를 떤다. 정직하지 못하고 거짓으로 변명한다. 아내가 퇴근하기 전이면 술을 안 마신 것처럼 여러 번 이를 닦고 위장한다. 그래봤자 무소용이다. 아내는 후각은 개 코 수준이다.

중독자들은 여러 방어기제를 사용한다. "나는 알코올중독자가 아니다." "남들도 이 정도는 마신다. 나는 애주가일 뿐이다." "너만 아니었으면 술을 마시지 않았을 것이다." "그때 너무 힘들어서 어쩔 수 없었다." "잠을 자려면 방법이 없다." 모든 중독자가 똑같다. 사회적 지위가 높든 낮든, 가방끈이 길어도 돈이 많아도 다 똑같다. 대기업의 회장님도 노숙인과 똑같은 중독자일 뿐이다. 술의 노예에서 벗어나려고 갖은 방법을 써도 소용이 없었다. 돌아가신 아버지가 돌아와도 벗어날 수 없을 것이다. 하나님도 부처님도 어쩔 수 없을 것이다. 암이라는 형벌을 받으면 몰라도 멈추어지지 않았다.

멈출 수 없는 내가 너무 싫었다. 쓸모없는 사람이라고 자학했다. 늘 나보다 못하다고 깔보던 사람들 앞에서 초췌해지는 걸 느낀다. 자존감이 무너지고 있다. 경제적으로 궁핍하지는 않다. 아내도 자식들도 자기 자리에서 본분 지키며 잘 산다. 나도 남을 등쳐 먹은 적 없다. 내가 술을 마시는 이유, 그냥 술이 먹고 싶다. 안 마시면 온통 술 생각이다. 첫사랑 여자처럼, 첫 당구 배울 때처럼 홀딱 빠져있는 것이다.

중독자도 살아야 한다. 그것도, 잘 살아야 한다. 100세 시대 깨어 있는 상태로 끝까지 살아야 한다. 노후를 준비했는가? 건강한가? 집안에 우환은 없는가? 이런 것을 따지기에 앞서 또렷한 눈을 되찾아야 한다. 중독에서 벗어나 제자리로 돌아오는 사람도 많다. 수십 번을 정신병원에 감금되었던 어떤 중독자는 단주 몇 년 후 집 나간 배우자가 돌아왔다. 17년 만에 아내와 아이들을 만났다. 백번이 넘게 입원했던 중증중독자는 아내가 치매를 얻어 평생 저지른 죄를 갚는다고 단주 후 간호에 나섰다. 딸은 10년 넘게 연락처를 모르지만, 아들은 집으로 돌아왔다. 입원할 때마다 병원 로비에서 고성으로 반항하던 어떤 이는 성년이 된 아들 손에 이끌려 고분고분 입원에 응했다.

깨어나고 벗어나고자 발버둥치는 중독자도 많다. 블랙아웃이 오고, 불면이 오고 이상한 조짐이 보이면 중독의 경계선에 서 있는 것이다. 멈추고 넘지 마라! 지옥이다.

"다른 길은 없다. 다른 방법도 없다. 오늘 끊지 않으면 안 된다."
—조나단 라슨

4. GGT(r-GTP)의 경고

　개인적인 의견이지만 8체질 섭생법을 신뢰한다. 사상의학처럼 사람 체질을 8가지로 나눈 것이다. 나는 8체질 분류로 '금음인'이다. 금음인은 폐는 강하고 간은 약하다. 우스갯소리겠지만 한의사는 술은 먹으면 안 되고 폐가 강하니 차라리 담배를 피우는 건 괜찮다고 한다. 섭생법에는 체질별로 몸에 좋은 음식과 나쁜 음식을 나누어 놓았다. 가급적 좋다는 음식을 먹으려고 하지만 술은 제어가 되지 않았다. 먹으면 안 된다고 해도 술 생각뿐이었다. 한 번 술 생각에 사로잡히면 일분일초를 기다리는 게 초조했다.

　알코올성 간질환은 크게 지방간, 간염, 간경화증 세 가지로 나눌 수 있다. 간질환은 통증이 없고 무증상인 경우가 많다. 얼마나 진행됐는지 알기 어렵다. 그래서 간은 '침묵의 장기'라고 한다. 피로하고 구토가 나고 황달이 생기지만 몸살이나 위장병과 분간하기 어렵다. 복수가 차는 간경화증도 암 직전에서야 알아차리기 십상이다. 알코올로 인한 간 경변 환자의 1/3은 간성혼수가 온다. 간으로 유입된 암모니아가 원인인데 낮과 밤을 구별하지 못하고 혼수상태에 빠지게 된다. 알코올로 인한 지방간은 간염을 거쳐 간경화(간 경변)로 결국에는 간암으로 발전해 간다.

　간은 소화계통으로 분류하지만 실제로는 몸에서 일어나는 거의 모든 일에 관여하는 공장 역할을 한다. 간질환은 '술'과 연관되어 나타나는 경우가 많다. AST(GOT), ALT(GPT)와 함께 간 건강을 알아보기 위한 기준이 되는 것이 GGT(r-GTP)이다. 63IU 이하가 정상이지만 100IU도 큰 문제는 없다고 한다. 술을 먹으면 알코올성 지방간이 생기고 GGT가 올라간다. 2004년부터 매년 아내와 종합검진을 받는다. 지정병원을 택해서 꾸준히 건강상태를 살핀다. 검진을 받으면 GGT 수치가 150~250IU가 나온다. 주치의로부터 술을 줄이라는 권유를 꼬박꼬박 받는다. 알코올성 지방간도 늘 안고 살아왔다.

2019년 검진에서 GGT가 1,980IU라는 놀라운 수치가 나왔다. 간경변증이나 간암 환자도 좀처럼 기록하기 힘든 숫자라고 말했다. 의사도 이런 수치는 몇 년간 본적이 없다고 말했다. 나는 바짝 긴장했다. "술을 아직도 많이 드시나요? 최근에 한약을 먹었나요?"라고 의사가 물었다. "한 번에 많이 마시지는 않지만 자주 먹습니다. 보약은 안 먹지만 선물 받은 OO환이라는 것을 하루 한 알씩 먹습니다." 모기만 한 목소리로 대답했다.

의사는 술과 OO환을 당장 끊고 재검을 받아 보자고 했다. 마침 위 내시경 검사에서 선종이 발견되었다. 소견서를 들고 대학병원에 입원해 내시경으로 시술을 받으라고 했다. 위 선종 시술을 받고 퇴원했다. 약 잘 먹고 3달 단주하고 검사했다. 40 이하면 정상인 AST가 17IU, ALT가 13IU로 나왔다. 문제가 되었던 GGT도 32IU가 나왔다. '아기의 간'으로 회복되었다. 부모님이 주신 간은 타고난 것 같았고 회복력이 좋았다. 자신감 뿜뿜 올라갔다. 다시 술을 마시기 시작했다. 양도 늘고 마시는 횟수도 늘었다. 폭음하던 3달 전으로 되돌아갔다.

회사에서 직장생활을 할 때 이야기를 하려고 한다.

98년, 강원도 책임자로 발령을 받았다. 2000년 일이다. 나보다 한 살 많은 30대 후반의 횡성지점장이 알코올중독자였다. 출근하면 사무실 냉장고에서 소주 한 병을 꺼내 맥주 컵으로 들이킨다. 9시에 회의를 마치고 다시 한 병을 마신다. 퇴근까지 하루 종일 알코올에 젖어 있다. 즉시 퇴사 조치하기에는 비정해 보여 원주에 있는 사업부에 '담당역'으로 대기발령 조치했다. 내가 문을 열면 눈에 띄는 자리에 책상만 주고 업무는 없이 하루 종일 앉혀 둔다.

며칠 후, 시내에 있는 종합병원에서 검사를 받게 했다. GGT 수치가 600이 넘었다. 의사는 죽기 직전이라며 1주일 입원 후 통원치료를 권했다. 그를 입원시켰다. 며칠 후 병문안을 갔다. 입원실 문을 열었는데 아니! 보상팀장과 술을 먹고 있는 게 아닌가? 크게 화를 내고 꾸짖었다. 보상팀장을 내쫓았다. 병문안 가려는데 뭐 필요한 게 있냐고 물었더니 술을 사 오라고 했단다. 위로한답시고 같이 마신 것이다.

몇 달 뒤에도 중독의 늪에서 헤어 나오지 못하는 그를 해고하기로 했다. 사표를 받으러 횡성 사무실에 가니 출근을 안 했다고 한다. 사무직원이 집에 있을 거라고 했다. 집으로 가서 아파트 현관을 두드렸다. 인기척이 없다. 계단에 앉아 2시간을 기다리며 수시로 문을 두드리고 초인종을 울렸다. 지쳐서 돌아오려고 하는데 문이 열렸다. 팬티만 입고 있다. 까딱 목 인사를 하더니 방으로 들어간다. 뒤따라 들어갔다. 쑥스러운지 바지를 끼워 입으려고 한다. 바지를 입지 못한다. 한쪽 발씩 넣어야 하는데 한곳에 두 다리를 넣으려고 애쓰고 있다.

정신 차리지 못한다. 결국 팬티 바람에 사직서를 받아서 돌아왔다.

2017년부터 방에서 혼술을 하고 중독에 빠진 내 모습은 그때의 횡성지점장과 너무나 똑같다. 팬티만 입고 TV 켜놓고 자다 마시기를 반복한다. 낮이고 밤이고 관계없다. 아니 낮인지 밤인지 분간하기도 어렵다. 그를 깔보며 술자리 안줏감으로 떠벌리던 만취 스토리는 내 이야기가 되었다. GGT 수치 1,980IU를 받은 2019년! GGT 600의 그보다 3배가 넘는 수치가 나왔다. 그를 비웃던 나는 그보다 몇 배의 중독자가 된 것이다.

알코올중독은 불치병이다. '신'도 '명의'도 평생 단주하는 한 가지 방법 외엔 어떤 비법도 찾지 못했다. 매일같이 '오늘 하루만'을 되뇌이며 버텨야 한다. 하루씩 참고 견디어 죽을 때까지 이어가는 것이 유일한 회복방법이다.

우편으로 종합건강검진 결과서가 도착했다. 22년 7월에 받은 검진 내용이다. GGT가 30IU이다. 작년에는 23IU이었다. 1,980IU라는 숫자는 역사로 남았다. 결코 돌아가서는 안 되는 흑 역사가 될 것이다. 알코올중독은 약으로 고칠 수 없다. 잘 아는 의사가 직접 한 말이다. 약 처방의 효과는 10%를 넘지 않는다고. 알코올중독은 마음의 병이다. 중독자는 누구나 자신도 괴롭히고 남에게 상처를 입혔을 것이다. 술을 끊어내야 한다. 결연한 의지도 필요하지만 라이프 사이클의 변화를 통해 새로운 생활 패턴을 받아들여야 한다. 그래도 안 된다면, 단주 모임에도 가보고 다른 것에 중독되어야 한다. 명상이나 요가도 좋고 운동도 좋다.

5. 남에게 끼친 상처 / 송구합니다

다른 사람을 무시하거나 무례하게 구는 사람 많다. 다른 사람에게 배신당하고 애먼 사람에게 마음의 상처를 주기도 한다. 그런 사람은 자신이 희생자라고 여긴다. 억울하다고 생각한다. 그들은 남을 희생시키고 약자를 괴롭히는 협잡꾼이다. 질투하고 사소한 거슬림에도 즉각 반응한다. 이런 사람들 세상에 많다. 모든 알코올중독자는 이런 희생자의 성향을 그대로 가지고 있다. 술은 교감신경을 마비시켜 감각을 둔하게 한다. 이래도 괜찮겠지 하고 공격한다. 술의 힘을 빌려 저지르고, 깨고 나서는 곧 후회하는 것이다. 엎어진 물은 다시 담을 수 없다.

45년 술 인생, 주사를 부리거나 말로 남에게 상처 입힌 흔적을 살펴보면 너무 많아 셀 수도, 기억을 끄집어내기도 어렵다. 이루 말할 수 없다. 어릴 때 술에 취해 싸움도 했고 이유 없이 후배들을 때렸다. MT 가서 신발에 막걸리를 부어 마시게 했다. 캠프파이어의 유쾌한 분위기도 고성과 욕설로 망쳐 놓는다. 누구든 눈엣가시로 여겨지면 욕하고 멸시했다. 군대에서도 재미 삼아 때리고 얼차려 시키며 무료한 시간 때우려 했다.
가장 큰 상처를 입힌 대상은 아내다. 물건을 부수거나 폭력을 행하지는 않았지만 말로 입힌 상처는 어마어마하다. 남편 지켜보고 억누

르느라 속이 시커멓게 타지 않았을까? 하늘에서 심판 받는다면 분명 지옥행일 것이다. 아이들에게도 영향을 끼쳤다. 잦은 부부싸움을 보아 왔고 취해서 널브러져 자는 아버지 모습도 꼴사나웠을 것이다.

고교 졸업 후 서울로 간 아이들에게 방구석에 처박혀 혼술하는 무기력한 아빠의 모습을 안 보인 것이 그나마 다행이다. 술주정의 역사는 한마디로 '개판'이었다. 처갓집도 깔보았다. 우리 집안보다 못 배워 무식하다고 여겼다. 사는 모습이 궁상맞다고 말했다. 아내 자존심을 건드렸다. 술이 깨면 고분고분 하지만 술기운에 막말을 한다. 아내는 과묵하다. 하지만 묵히고 쌓았다가 한 방에 터뜨린다. 되로 주고 말로 받는다. 낮술을 하고 사무실에 있을 때면 직원들이 눈치를 본다. 빨리 퇴근해 집으로 사라지기를 바란다. 술을 먹으며 술집 주인이나 종업원에게 잘난 척 주정을 부린다. 비싼 술값 지불할 왕손님으로 대우받기를 원한다. 어쩌다 감정 상하면 그날로 발길을 끊어버린다.

콜 센터 상담원과도 다툰다. 대부분 술기운이 살짝 오를 때, 나만 손해 본다고 느껴지면 전화로 꼬치꼬치 따진다. 직접 만나면 그렇게 무례할 수 없을 테지만 통신선에 기대서 고함치며 그들을 경시한다. 술에 취하면 사소한 대화도 예민하게 느낀다. 나를 존중하지 않는다고 여겨지면 여지없이 들이받는다. 말을 뱉으면 주워 담을 수 없다. 말 한마디에 천 냥 빚을 갚기도 하고 철천지원수가 되기도 한다.

술을 마시면 속에서 올라오는 감정에 즉각 반응한다. 그래야만 자존심이 지켜지고 상처받지 않는다고 생각한다. 취하면 연민의 웅덩

이에 빠져든다. 슬픔, 부모의 죽음, 어릴 적 가난, 고난을 혼자만 뒤집어썼다고 생각한다. 어떤 감정이 올라올 때 반응을 멈추는 데는 호흡이 묘약이 된다. 호흡은 공기의 오고 감이다. 들숨과 날숨이 호흡이다. 폐에 들어오는 한 줌의 공기가 있고 나가는 공기가 있다. 숨을 쉬려면 한 줌의 공기를 놓아야만 신선한 한 줌 공기를 얻을 수 있다. 숨을 끝까지 모두 내쉬기 전에는 결코 들여 마실 수 없다.

이제 고백합니다. 술의 힘으로 많은 분께 모멸감을 드렸습니다. 내 의견을 무시한다고 여겼습니다. 내 편, 네 편을 조장해 분열하게 만들었습니다. 함부로 입을 놀리고 당신을 폄훼한 저를 용서해 주세요. 송구합니다! 술을 먹고 당신을 때렸습니다. 마시지 않으면 가만두지 않겠다고 공포 분위기를 조성했습니다. 심심풀이로 때리고 얼차려를 시켰습니다. 정말 죄송합니다! 인생 복덩이! 나의 가족! 술 마시고 정신을 잃어 가족을 돌보는데 소홀했습니다. 물질보다 마음이 우선인데 잘 몰랐습니다. 미안합니다! 속죄하며 살겠습니다. 어떤 것은 너무 오래되었고, 어떤 것은 잊혀졌으며, 어떤 것은 아직도 고통스럽게 곪고 있는 상처를 다시 들여다보고 용서를 구합니다.

남을 대할 때 호흡을 가다듬고 차분해지겠습니다. 조급증에서 이제라도 벗어나겠습니다. 남을 위해 이타적으로 살겠습니다. 내 것을 먼저 챙기지 않겠습니다. 상대를 존중하겠습니다. 나이나 학벌, 사회적 지위는 중요하지 않습니다. 사람은 입이 하나, 귀가 둘입니다. 이는 말하기보다 듣기를 두 배 하라는 뜻이라고 합니다. 누구든 존중받아야 하는 존엄한 존재로 대하겠습니다. "죽을 때까지 호흡을 합니다. 살아있으니 숨을 쉬는 거지요. 한 호흡 마다 감사한 마음을 담겠습니다. 남을 위해 날숨 쉬는 여생을 살겠습니다."

내가 용서를 구한다고 상대가 받아 줄지는 모른다. 그들이 용서해 준다면 마음의 평화를 얻게 되겠지만 섣부른 욕심일 뿐이다. 오랜 기간 저지른 일을 단번에 용서받을 수 없다. 택시기사나 술집 종업원에게 느닷없이 저지른 과오는 용서를 구할 수도 없다. 그들이 세상 어디에 있는지, 죽었는지 살았는지도 알지 못한다. 가까이 있거나 만나고 연락하는 동료와 친구에게 사과한다.

얼마 전부터 코로나로 오래 만나지 못한 지인들과 연락하여 만나고 있다. 그들 한 명, 한 명에게 해를 입히지 않은 경우가 없다. 단주하며 그들과 마주치면 눈을 마주 보고 따스한 눈길을 준다. 말로 저지른 일에 대해 진정한 사과를 한다. 그들이 받아주는지는 내가 판단할 문제가 아니다. 겉으로 드러나는 것만으로는 알 수 없기 때문이다. 가족에게도 용서를 구한다. 아내는 두고두고 사과할 만큼 골이 깊다. 가족애를 높일 수 있도록 애쓰겠다. 따뜻하게 대하고 대화하며 지지해 주겠다.

"술망나니는 바보의 혀와 악마의 심장을 가지고 있다."
—영국의 성직자 T. 풀러의『잠언집』

6. 식이장애

아이 편식의 주된 원인은 부모 탓이라고 한다.

막내라고 오냐오냐 모든 것을 받아준 덕에 편식이 심했다. 파, 마늘, 생강 들어간 음식은 먹지 않았다. 어머니는 찌개도 국도 따로 끓여 주셨다. 잔떡, 고구마 반찬, 감자볶음, 계란말이, 혼합소시지 등 어린이 반찬을 좋아했다. 빈대떡 같은 전 음식에도 파를 빼서 식구들과 따로 만들어 주셨다. 어릴 때 먹는 즐거움을 잘 몰랐다. 그래서 삐쩍 말랐고 힘도 없고 운동감각도 둔했다.

입대할 때까지 어떤 김치도 먹지 않았다. 논산 훈련소에서 깍두기를 처음 먹어 봤고 자대에 와서야 배추김치를 먹기 시작했다. 지금도 열무김치와 총각김치는 좋아하지 않는다. 과일도 좋아하지 않는다. 신 과일을 못 먹어서 사과, 귤, 딸기, 포도는 싫어한다. 수박, 참외, 배, 복숭아는 먹지만 후식으로 몇 조각을 먹을 정도이다. 어릴 적부터 군것질을 좋아하지 않았다. 떡과 약과, 빵은 좋아했지만 비스킷이나 튀긴 과자는 좋아하지 않았다. 사탕은 좋고 달고나는 싫다. 튀밥도 별로다. 탄산음료는 좋아해도 과일주스, 강장음료는 먹지 않는다.

숙취음료 효과도 믿지 않는다. 플라세보 효과라고 생각한다. 타우린이 들어갔거나 인삼이 들어간 드링크도 함량이 미미해 믿지 않는다. 비타민 음료나 감식초는 건강에 도움이 된다고 생각한다. 반찬타박이 심한 막내아들을 부모님은 감싸 주셨다. 형, 누나는 공부에 이어 식성까지 돌연변이라고 쑥덕댔다. 형이 김치를 못 먹는 바보라며 밥그릇에 김치를 한 조각 올렸다. 말로 대들지는 못하고 밥을 엎고 굶은 적도 있다.

어머니는 김 반찬을 만드는 일을 자주 시키셨다. 김에 들기름을 바르고 소금을 뿌린다. 한 장씩 석쇠에 넣어 연탄불에 굽고 여섯 조각으로 잘라 접시에 담는다. 쓰러지지 말라고 한가운데 성냥을 꽂아 놓는다. 계란말이나 선홍빛 혼합소시지 볶음은 내 앞에 놓는다. 멸치조림이나 두부반찬, 감자반찬 같은 밑반찬도 먹기 편하게 앞쪽에 놓아주신다. 형, 누나가 시샘한다.

결혼하고 아내의 요리에 입맛이 변했다. 장모님을 닮은 아내의 음식은 맛있다. 장모님의 요리는 일품이다. 입이 짧은 나도 홀딱 반해버렸다. 제주도 분이고 전라남도에서 시집살이한 장모님의 손맛은 호텔 쉐프 저리 가라 할 정도이다. 물론, MSG 없이도 맛 좋은 아내의 요리도 훌륭하다. 아내가 밥상을 차려주면 반찬이 많든지 적든지 간에 감사히 먹는다.

장기간 술을 계속 마시면 식욕을 잃는다. 맛있는 음식을 찾아 먼 길 마다하지 않고 찾아다니던 모습은 온데간데없다. 안주는 중요하지 않다. 술을 채울 위장 안에 안주나 곡식이 채워지는 게 아까울 뿐이다. 음식의 맛은 안중에 없고 술에 꽂혀 있다. 맥주는 취하지도 않으면서 배만 부르고 소변이 자주 마렵다. 그래서 소주를 선호한다. 고량주, 양주 같은 독주는 멀쩡하다가도 정신을 잃은 기억에 실수할까 겁이 난다. 80도 고량주를 먹고 졸도한 적도 있다.

편하고 좋아하는 술은 서민의 술, 소주이다. 술을 장기간 장취하면 식이장애가 온다. 폭식하는 장애가 아니다. 섭식장애이다. 속이 쓰려 어떤 음식도 먹을 수 없다. 억지로 먹으면 구역질이 나고 토한다. 물도 토한다. 그나마 죽을 먹거나 누룽지를 끓여 먹으면 좀 낫다. 밀가루 음식도 속을 개운하게 해 준다. 따뜻한 꿀물이나 원두커피도 쓰린 속을 달래준다. 몸이 음식을 받아들이지 못하면서 안주 없이 깡술을 마신다. 구역질이 나면 일부러 손가락으로 목젖을 찔러 트림을 유발한다. 트림을 하면 속이 편해진다. 노란 위액을 토하기도 한다. 위액을 토하면 속 쓰림이 잦아들고 호흡이 편안해진다.

다시 술을 먹는다. 장취하면 숨이 가빠지고 호흡하기가 벅차다. 전화하면서 말을 오래 끌 수 없게 숨이 차오른다. 호흡이 힘드니 잔기침이 잦아진다. "내가 미친 게 아닐까?" "이러다가 죽는 거 아닐까?" 하고 자책하고 반성해도 눈앞에 술이 보이면 그런 걱정은 까맣게 잊는다. 가졌다는 만족감이 든다. 그냥 술을 마셨을 때의 황홀한 기분으로 빠져들고 싶은 욕망뿐이다.

3일간 소주 외에 먹은 게 없다. 육수용 다시마 한 조각을 먹기는 했다. 마른멸치 세 마리도 먹었다. 거의 깡술이다. 숨이 가쁘다. 속이 쓰려 허리를 펼 수 없다. 노인처럼 꾸부정한 자세로 냉장고를 연다. 간장, 고추장 양념된 반찬은 몸이 거부한다. 아무것도 먹을 수 없다. 기름진 음식도 넘어가지 않는다. 할 수 없이 계란 2개를 삶는다. 그걸 먹고 다시 이틀간 깡술을 먹는다. 편의점에 술을 사러 간 김에 캔으로 된 죽을 산다. 죽을 안주로 또 하루를 마신다. 먹은 게 거의 없는데도 항문이 간질간질하다. 수시로 배설 욕구가 온다. 30분마다 변기에 앉는다. 물똥 한 두 방울이 똑똑 떨어진다. 후련하지 않다. 찝찝하다.

며칠을 굶어도 배가 고프지 않다. 그런데도 아랫배에서 창자가 꼬이는 소리가 난다. 꼬르륵 꼬르륵. 그래도 먹을 수 없다. 속이 쓰리고 음식을 먹으면 토하니까! 소주에 있는 칼로리로 견디자니 어지럼증이 생긴다. 화장실을 갈 때도 벽에 손을 짚으며 이동한다. 열흘씩, 보름씩 장취하면 10kg 넘게 체중이 줄어든다. 수시로 거울을 보면 악마의 얼굴로 변하고 있다. 날이 갈수록 몸은 야위고 표정은 어둡다. 얼굴은 빨갛게 물들었고 옷을 벗으면 붉은 반점과 얼룩이 온 피부를 뒤덮었다.

술을 이길 장사는 없다. 이렇게 가다가는 죽음뿐이다. 살려고 멈춘다. 보다 못한 가족이 제어하기도 한다. 여기저기 숨긴 술병을 찾아서 버리고 집 밖 출입을 감시한다. 며칠 후 다시 살아난다. 이쯤이면 몇 주나 한 달은 쉰다. 그리고 다시 마신다.

중독자 모임에서 만난 어떤 사람이 술을 끊는 이유로 대변 이야기를 한 적이 있다. 앉아도 나오지 않고 힘을 주어 어쩌다 나오면 물똥 몇 방울이다. 몇 십 분마다 용을 쓰니 항문이 헐어 아파서 닦지도 못한다. 하는 수 없이 주저앉아 물로 씻어낸다. 단주하면 행복한 게 많지만 굵은 변을 배설하고 느끼는 쾌감도 단주하는 하나의 이유라고. 그는 말한다. 자기 영정사진 위에 검은 띠를 사람인 자로 늘어뜨린 빈소 이미지를 연상하며 술을 참아낸다고.

중독이 아닌 사람들은 모른다. 이런 대변 장애 중독자가 많다. 내가 아는 어떤 정신과 의사는 30명 중 한 명, 우리나라에 180만 명을 중증중독자로 본다. 성인 9명 중 한 명인 400만 명을 알코올중독자로 본다. 애주가로 술을 조절하며 지친 삶을 재충전하는 수준에서 술을 마셔야 한다.

이런 말을 할 자격은 없지만, 술 지옥을 겪은 사람으로서 선을 넘지 않길 바랄 뿐이다. 중증중독으로 넘어오면 이성을 잃게 된다. 술이라는 귀신이 들러붙은 '마구니'이고 '사탄'이다. 벗어날 수 없는 형벌이 가해진다. 당신이 이미 중증중독자라면 이제라도 멈추고, 회복의 시간을 거쳐 옛 시절로 돌아가야 한다.

"신은 물밖에 안 만들었는데, 인간은 술을 만들었다."
—빅토르 위고

7. 모든 인간관계는 깨지고

왜 중독에 빠지는가?

중독자는 사람과 갈등하면서 오는 외로움을 견디지 못한다. 외로움은 우울함에 빠지게 한다. 그래서 술의 힘으로 자신의 이야기를 하고 싶어 한다. 하지만 상대방은 술주정으로 받아들인다.

중독자의 특성을 나열해 본다.

첫째, 중독자는 예민하다. 자신을 무시한다는 생각에 마음이 상한다. 큰 의미가 없는 말 한마디에도 발끈한다. 둘째, 중독자는 두려움이 많다. 두려움 때문에 불안증이 오고 자신을 방어하려고 오히려 공격한다. 셋째, 중독자는 비밀이 많다. 부끄럽고 수치스러운 자신을 감추고 싶어 한다. 있는 그대로 자기 모습을 드러내지 못한다. 결국 누군가를 진실하게 만나지 못한다. 넷째, 중독자는 정직하지 못하다. 거짓말을 밥 먹듯이한다. 거짓말의 처음 시작은 술 때문에 생기지만 점점 더 많은 거짓말로 위장하게 되고 습관이 되어 버린다. 다섯째, 중독자는 소통하지 못한다. 듣는 것도 말하는 것도 잘 못한다. 상대방 말을 끝까지 듣지 않고 자신만의 판단을 내린다. 이러한 자기중심적 태도는 관계를 망친다. 중독자의 자기 중심성은 어린아이와 같다. 자기는 그대로 있고 주변이 변하기를 바란다. 맨정신으로는 정당한 요구도 못 하고 참는다. 술의 힘으로만 세상사를 헤쳐나가려고 한다.

2012년, 옛 선배가 찾아왔다. 20년 이상 알고 지냈다. 금융 대기업에서 부장으로 명예퇴직했다. 59세는 놀기에는 아쉬운 나이라며 취업을 부탁했다. 고민 끝에 서울 본사에 배치했다. 이분이 외부업무를 맡고 2009년 고용한 전문경영인에게 내부 살림을 맡겼다. 대표로 호칭했고 외제차를 지급했다.

2015년, M&A로 12개의 작은 회사들이 뭉쳐 큰 회사를 만들었다. 나를 포함해 12명이 각각 독립채산제로 동업하는 형태다. 매출이 수천억이고 직원도 수천 명인 중견기업이 되었다. 나는 8%의 지분을 가진 주주가 되었다. 이 선배를 우리 사업부의 대표로 세우고 나는 경영일선에서 2선으로 물러났다. 이미 중독에 빠져 도피하고 있었다. 중요한 의사결정은 내가 관여했지만 권한을 대부분 위임했다. 본사는 12명이 동업하는 형태로 우두머리가 너무 많아 서로 반목과 경쟁이 심했다. 회의는 늘 2개 파로 갈라져서 싸우다 끝났다.

12개 중 하나의 사업부인 우리는 10년간 '수익과 성장' 두 마리 토끼를 잡아 왔다. 성공에 취해 너무 빨리 샴페인을 터뜨렸다. 오너인 나까지 3명이 대표를 하는 기형적인 구조가 되었다. 나는 2명의 대표에게 회사를 맡기고 술 마시는 것과 중요한 의사결정 하는 일을 병행했다. 사업부 대표로 선임한 선배가 횡령사고를 저지른다. 거래선에 자기 부인 외제차량 할부금을 납부하도록 하다가 나에게 들켰다. 뒤져보니 이것 외에도 정기적으로 상납을 받거나 판촉비를 빼돌리기도 했다. 사표를 받고 일부를 환수 조치했다. 영업조직의 이탈도 있었다.

2017년에 서울지역 본부장이 13년 다닌 회사를 등지고 나를 배신한다. 직영으로 운영하던 지점 직원들을 꼬드겨 데리고 나가 자기 회사를 차렸다. 근본 심성은 선한 후배였다. 그래서 더 예상하지 못했고 배신감에 치를 떨었다. 왜냐하면, 2004년에 뚜렷한 직업 없이 전전하던 후배를 스카우트해 본부장에 배치했던 이력이 있기 때문이다.

친구들과의 인간관계가 깨진 일도 있다. 2019년 고등학교 친구 9명 모임이 있었다. 수십 년을 이어온 절친 모임이다. 횟집에서 종업원을 멸시하는 꼴에 친구들이 화가 났다고 한다. 노래방에서 2차를 할 때도 친구들에게 말 실수를 하는 주정을 부렸다고 한다. 그냥 둘 수가 없었다고 했다. 사회에서 내노라 하는 성공을 거둔 친구들이다. 교수도 있고 고위공직자도, 은행 임원도 있었다.

한 친구가 참다가 술잔에 담긴 술을 내 얼굴에 뿌렸다. 이 광경만 기억이 난다. 횟집 일도 술주정도 전혀 기억이 없다. 이 모임에서 쫓겨나지는 않았지만 오랜 친구들 앞에서의 치기 어린 술주정에 자괴감이 들었다. 형제간에 반목도 있었다. 2018년 먹튀 사고로 자금난이 심각했다. 여기저기 사채를 돌려막으며 사업을 근근이 지탱하고 있었다. 자금이 넉넉한 작은누나에게 급전을 부탁했다. 누나는 담보로 부동산에 근저당권 설정을 요구했다. "내가 누나 돈 떼먹을 놈으로 보이냐?"며 전화로 대판 싸웠다. 3년을 연락하지 않았고 번호도 차단했다. 최근 연락을 다시 하기는 했지만 거절하고 믿어 주지 않은 누나에게 야속했던 감정이 지금까지도 남아 있다.

모든 중독자는 자기중심적 성격을 가지고 있다. 우울하고 예민하며 두려워한다. 수치심을 감추고 계속 거짓말을 한다. 너그러운 마음도 없다. 사람들이 떠나고 배신한다. 버려지고 외톨이가 된다. 끝까지 남 탓으로 돌리고 자신은 뉘우치지 않는다. 알코올중독자는 삶의 고통을 견디지 못한다. 그래서 벗어나려고 술을 찾는다. 하지만 술은 더 큰 고통을 불러온다. 자기가 짊어진 무게도 견디지 못한다. 가장의 역할, 사회에서의 역할을 외면하려고 하거나 힘들어 죽겠다고 투정부린다. 삶의 무게를 피해 술에 의지해 도망 다닌다. 결국 술이 삶의 무게를 더 무겁게 한다.

중독자로서 나는 어떠한가?

온전한 삶을 영위할 능력에 비해 좋은 스태프가 있어 이 만큼이라도 버티었다. 매출이 작아졌지만 아직도 회사는 튼튼한 편이다. 사랑으로 참아준 가족 덕분에 살아있다. 좋은 친구들과 형제들이 있어 이 만큼이라도 숨 쉬며 살고 있다. 감사할 따름이다! 술주정뱅이에 남에게 술로 악행을 서슴지 않은 자가 받는 형벌로는 가볍다. 조상 복이 있는 것 같다.

죽을 때까지 술을 마시지 않아야 된다.

그래야 잃어버린 신뢰를 회복하고 깨진 관계를 복원하게 된다. 멀어진 동료나 친구, 가족을 돌아오게 한다. 100세 시대 남은 40년 여생을 이들과 더불어 살아야 한다. 102세의 철학자 김형석 교수는 60~75세를 인생의 황금기라 했다. 90살까지는 얼마든지 빛나는 인생을 살 수 있다고 말했다. 60세, 이제 첫 단추는 꿰었다. 술 없는 삶이 관계를 지켜가는 유일한 해법이다. 술은 죄가 없다. 술은 처음에 친구로 다가와서 곧 적이 된다. 알코올중독자는 명심해야 한다. 술독에서 빠져나오면 살 것이요. 술독을 끼고 살면 제 명대로 살지 못하고 죽는다는 것을.

8. 알코올중독은 가족 병입니다

"가족들이 서로 맺어져 하나가 되어 있다는 것이 정말 이 세상에서의 유일한 행복"이라고 퀴리 부인이 말했다. 가족은 서로 밀접하게 연결되어 있다. 중독자와 같이 사는 가족도 중독자와 유사한 증상을 나타내게 된다. 가족도 중독사실을 부인하고 치료를 거부한다. 술 마시는 이유를 외부에서만 찾으려고 한다. 술로 인해 저지른 행위를 수습하여 과잉보호하려고 한다. 이를 '공동의존'이라 한다.

중독자와 함께 살아가는 것은 쉽지 않다. 술 마시는 사람은 따로 있는데 가족 모두가 영향을 받는다. 그래서 가족 병이라고 한다. 가족도 치료를 받아야 한다. 가족은 중독자의 계속되는 거짓말을 겪으면서도 또다시 중독자를 믿는다. 술을 끊겠다는 거짓말에 계속 속는다. 이혼하자고 협박하거나, 비위를 잘 맞추어 기분을 달래보아도 아무 소용이 없다. 중독자가 가장인 경우, 가장 역할을 제대로 해 내지 못하고 오히려 공포 분위기를 만들고 남 탓을 한다.

배우자는 가장 역할을 떠안고 중독자 보살피는 일까지 감내하게 된다. 참지 못하고 도망치고 싶은 마음과 환자를 돌봐야 한다는 서로 다른 두 감정, 양가감정이 생긴다. 중독자와 같이 살면 가족도 우울해지고 죄책감이 생기며 자기 비하를 한다. 이를 '공동 의존증'이라고 한다.

알코올중독에 관련된 책을 보면 가족의 유형을 다섯 가지로 분류하고 있다. 첫째는 '순교자형'이다. "내 탓이다. 내가 좀 더 잘해야지." 하는 식의 반응을 보인다. 오히려 가족이 죄책감을 느낀다. 둘째는 '박해자형'이다. "차라리 죽어버렸으면 좋겠다." "이혼하자"고 중독자에게 적개심을 표현한다. 셋째는 '술친구 형'이다. "차라리 나하고 마시자"고 음주 분위기를 조장한다. 넷째는 '냉담자형'이다. 입원시키고 면회를 가지 않는다. 입, 퇴원을 여러 번 반복해서 지치고 무관심해진 경우다. 다섯째 '공모자형'이다. 술 마시지 말라고 하면서 술을 사다 준다. "내가 중독자 때문에 겪은 고생을 남들이 알아줄 거야." 착각한다.

내 아내는 순교자형 모습이 있다. 3년 동안 알코올중독자 배우자 모임에 참가해 왔다. 자신이 노력하면 중독자를 고칠 수 있다고 생각하고 최선을 다한다. 이따금 박해자형으로 변한다. 이혼을 무기로 나를 불안하게 만든다. 나는 이혼 당하면 폐인이 되어 죽을 거라는 공포에 휩싸여 있다. 아내 덕분에 아직도 숨이 붙어 있다고 내심 고마워하고 있다. 아이들이 고등학생 때까지 같이 살았다. 술에 취한 아버지의 모습을 보았다. 술 때문에 부모가 싸우는 것도 지켜보았다. 그럼에도 비행을 저지르지 않고 건강한 청년으로 성장했다. 좋은 직장에서 미래를 꿈꾼다. 경제적으로 넉넉했다. 중독자 아버지는 아이들에게 어려움을 토로하지 않았다. 스트레스도 주지 않으려 애썼다. 어쩌면 잘 적응하고 있는 모습 뒤에 혼란스러운 경험이 있었을지도 모른다.

부모가 싸우고 서로 말을 안 한다. 밥상 앞 분위기가 싸하다. 빨리 등교하고 싶다. 아버지처럼 중독자가 되지 않겠다고 다짐했을지도 모른다. 아이들에게 따뜻한 집안 분위기를 만들어 주지 못해서 미안하다. "나는 다른 중독자와 달라! 돈도 잘 벌어오지! 마누라 명의로 집도 사주고, 차도 사주지! 처갓집에도 잘하는데 뭐가 문제야?" 나 정도면 문제가 없다. 오히려 능력자다. 암! 그렇고말고! 스스로 마음속에 주입을 한다. 아내와 다툴 때 경제 능력은 든든한 무기가 된다. 나를 정당화하는 무기가 된다.

중독자가 술을 끊는다고 해도 가족은 쉽게 믿지 않는다. 이미 여러 번 단주를 약속하고 다시 술을 마시는 모습을 보아왔기 때문이다. 중독자가 집에 오면 가족은 술 마신 것은 아닌지 확인하기 위해 안색을 살핀다. 냄새를 확인하러 다가오거나 몰래 마신 것은 아닌지 주변을 살핀다. 의심을 받으면 기분이 상한다. 자신을 믿어 주지 않는 가족에 대한 원망의 마음은 단주 의지를 꺾어 놓는다. 홧김에 다시 마실 수 있다. 중독자는 단주하며 회복할 때 반드시 가족에게 보상해야 한다. 중독자는 기억하지 못하더라도 수많은 사건, 사고로 가족에게 상처와 고통을 주었다. 트라우마가 되었을 수도 있다.

가족이 억울하다고 원망할지도 모른다. 가족도 회복의 시간이 필요하다. 가족의 상처는 중독자의 단주에도 불구하고 쉽게 치유되지 않는다. 따뜻하게 안아주며 기다려 주어야 한다. 그깟 술 문제 때문에 사랑하는 가족을 불행하게 만들고 싶지 않다. 일찍 생을 마감하기 싫다. 친구나 동료들에게 손가락질받기 싫다. 우울하게 살고 싶지 않다. 무기력하게 살기도 싫다. 그렇다면, 우선은 술을 끊어야 한다. 회복의 과정에도 많은 걸림돌이 있다. 슬기롭게 고비를 넘어야 한다.

아틀라스증후군이라는 것이 있다. 가정에 헌신적인 남자가 되어야 한다는 생각으로 심한 중압감을 느끼는 남성의 증상이다. 슈퍼대디가 되어야 한다는 압박감에 불안, 침울함, 피로감에 시달린다. 여성의 슈퍼우먼증후군과 슈퍼맘증후군과 엇비슷하다. 이 신드롬의 특징은 첫째, 늘 자신이 희생자가 된 느낌에 빠져있다. 둘째, 항상 쫓기는 기분이고 기대에 120% 부응하려고 애쓴다. 셋째, 자신에 대한 기대를 의식해서 대인관계에서 친밀한 교류를 하지 못한다. 이제 나는 가장의 무게를 내려놓아도 된다.

이 증후군의 긴장감을 내려놓고 편히 생각하면 된다.

첫째, "실수하면 안 돼!"를 "실수해도 괜찮아!"로. 둘째, "그 정도로는 안 돼!"를 "이걸로도 충분해!"로. 셋째, "실망시켜서는 안 돼!"를 "기대에 못 미쳐도 괜찮아!"로. 아내와 아이들이 사회에서 잘 생활하고 있다. 아틀라스 증후군에서 벗어났다. 노후를 즐기면 되고 하고 싶었지만 하지 못했던 일을 하면 된다. 판을 크고 위험하게 벌리지 않으면 된다. 일하고 싶으면 하고 쉬고 싶으면 쉰다. 재미있으면 하고 아니면 때려치우면 된다. 가고 싶으면 가고 싫으면 멈추면 된다. 진 패럿이 말했다. "은퇴는 멋진 일이다. 빈둥거려도 들킬 걱정을 하지 않아도 되니까. 잠에서 깬 후 일하러 가지 않는 게 좋다. 그래서 하루에 서너 번씩 잔다."

어릴 적 꿈꾸었던 소소한 것들을 도전하고 있다. 하나씩 성취하

고 행복해지려고 한다. 술 대신 흥미진진한 일상에 빠질 것이다. 어릴 적 꿈도 하나씩 경험해 볼 것이다. 가족에게 준 상처도 평생 사과하고 보상할 것이다. 나의 중독 때문에 입은 그들의 상처를 치유하는 데는 시간이 걸린다. 어쩌면 평생 지워지지 않을 기억으로 남을지도 모른다. 보상하는 길은 오직 술 없이 깨어있어야 한다. 그리고 따스한 남편, 아버지의 품을 열고 받아들여야 한다.

제4장

알코올중독은 불치의 병입니다

1. 강제 입원하던 날

어려서는 아버지가 돌아가신 슬픔을 핑계로, 대학 때는 낭만을 부르짖으며 술을 마셨다. 군에서는 시간 때우기 목적으로, 사회에서는 사교와 스트레스 해소를 핑계 삼았다. 사업을 시작하고는 혼자 의사결정 하는 것에 두려움이 있었고 가장의 무게를 느꼈다. 그때그때 핑곗거리를 만들어 점점 술독으로 빠져들어 갔다. 어쩌면 이런 일상이 '예고편'이었는지도 모른다. 2021년 2월 28일 공식적으로 회사에 사표를 냈다.

대표 자리를 내려놓고 전문경영인에게 대부분의 회사경영을 넘겼다. 고문이라는 직책으로 사무실 귀퉁이에 작은 개인 공간을 만들었다. 출퇴근도 자유롭다. 급여소득 없이 배당소득만 받게 되었다. 5일간 출근하며 업무를 인계했다. 3월 8일부터 24일까지 출근하지 않았다. 집에서 장취에 빠졌다. 마시다 자고, 깨면 또 마시고, 24시간 내내 보름 동안 술을 마셨다.

3월 24일은 잊혀지지 않는 날이다. 참담하고 치욕스런 사건이 일어난다. 여느 날과 같이 새벽부터 술을 마시다 오후 1시쯤 잠이 들었다. 오후 6시쯤 누가 흔들어 깨운다. 반팔 티셔츠에 팬티만 입고 침대에서 눈을 뜬다. 눈이 휘둥그레졌다. 경찰이 두 명 서 있고, 뒤에 덩치 좋은 청년 둘이 서 있다. 그 뒤에 아내가 강아지를 안고 있다. 무슨 상황이지? 말을 꺼내기도 전에 경찰이 바지를 입으라고 한다. 트레이닝 바지를 입는다. "사모님께서 병원으로 보내 달라는 신고를 접수하였습니다. 스스로 가시겠습니까? 아니면 저희가 차에 태울까요?" 말할 틈도 없다. 1분 만에 맨발에 운동화를 신고 외투도 없이 차에 올라탄다. 이젠 끝났구나! 이런 날이 올 줄 알았어! 자포자기하고 만다.

EMS라는 사설 응급구조단 앰뷸런스에 실려 출발한다. 뒤 칸에 앉았다. 업체 직원 한 명이 앞에 앉아 스마트폰으로 게임을 한다. 어둠 속 어디로 가는지도 모르고 경적을 울리며 빠른 속도로 이동한다. 그제서야 정신이 든다. "저기, 전화 좀 써도 되나요?" "네. 쓰세요." 휴대폰을 꺼내 아들에게 전화를 건다. 배터리가 9%밖에 남아 있지 않다.

20분을 통화한다. "엄마가 아빠를 이상한 데 보내려나 봐!" 아들은 대답이 없다. 원래 아들은 과묵한 편이다. 대답이 없어도 다급하게 하소연한다. 억울하다! 가족 먹여 살리려고 최선을 다한 것뿐이다. 사기당하고 힘들어서 마셨다. 어쩔 수 없었다. 다른 사람들은 더 마신다. 신이 아닌 이상 이런 상황을 어떻게 술 없이 견디겠니? 배터리가 방전된다.

병원에 도착했다. 내리는데 배신감에 몸서리가 쳐 진다. 아들이 이미 병원에 도착해 있었기 때문이다. 뒤이어 아내가 도착한다. 앰뷸런스 뒤를 따라 차를 몰고 온 모양이다. 나중에 알았지만 배우자, 직계존비속 중에서 2명이 동의해야 강제 입원이 가능하다. 양팔을 잡혀 의사 앞으로 끌려간다.

"나는 중독자가 아니다. 많이 마시기는 하지만 병원에 입원할 정도는 아니다." "정신이 멀쩡한데 왜 정신병원에 입원해야 하나?" "주변에 나 정도 마시는 사람 쎄고 쌨다" 우겨 보지만 의사는 조용히 복도에서 기다리라고 한다. 의사와 아내, 아들은 입원 수속을 마무리한다. 영문도 모르고 의왕시에 있는 알코올 전문 정신병원에 수용된다. 기가 막힐 따름이다. 폐기물 처리된 느낌이다. 처참하다. 얼마나 열심히 견뎌 왔는데 믿는 도끼에 발등 찍혔다는 심정에 화가 치밀어 오른다. 미친놈 되어 갇히느니 차라리 죽고 싶다는 충동이 인다.

준비 없이 입원했다. 환자복을 입었다. 바지와 신발은 보호자가 집으로 가져간다. 도망칠까 봐 그런다. 칫솔, 치약도 수건과 슬리퍼도 없다. 엉겁결에 범죄자 수감되듯 갇혀 버렸다. 아내, 아들과 한마디 말할 시간도 없이 7층으로 끌려왔다. 짐짝 처리하듯 절차가 끝났다. 아들이 세면도구와 슬리퍼를 사서 올려 주었다.

2인실에 수용된다. 필요한 물건을 적어 주면 보호자에게 전해준다고 한다. 속옷과 전기면도기가 급하다. 택배로 받을 수 있단다. 플라스틱이나 철제 물건은 압수당한다. 휴대폰도 압수다. 큰일이다. 며칠 뒤 재판이 두 개나 있다. 참석해야 이길 수 있다. 이야기해 봐도 아무도 귀 기울여 듣지 않는다. 병원은 입원비를 받을 뿐이지 환자 개인사에 관심이 없다. 회사 일을 모르는 아내는 재판에서 승소하든 패소하든 개의치 않는다.

입원하고 하루하루 시간이 갈수록 알코올 기운이 몸에서 빠진다. 며칠 동안 곰곰이 생각한다. 집사람이 나를 살리려고 이랬구나! 회사

일, 소송보다도 우선, 목숨은 살리고 봐야 하니까. 이렇게 생각하면서도 "감히! 나를!" 하는 분노가 치밀어 오른다. 교도소 영치금처럼 간식비 10만 원을 입금하고 돌아갔다. 담배를 피우지 않는다. 35년을 피다가 8년 전에 끊었다.

7병동 45명의 환자 중 비흡연자는 나 혼자다. 흡연 장소에 가지 않으니 병원 돌아가는 정보도 모르고 서로 친해질 기회가 없다. 뒷담화도 없다. 군것질도 좋아하지 않는다. 10만 원 간식비로 알코올 관련 책과 일기장을 구입했다. 매일 4~5시간씩 교육을 받아야 한다. 1회용 원두커피와 비누, 종이컵도 주문했다.

인생 '최악의 날'이다. 죽고 싶다. 언제나 내 편이었던 돌아가신 어머니가 사무치게 그립다. 열 몇 번째 입원이라며, 원래는 만 65세가 넘어 노인병동에 가야 하는데 그쪽에 빈 침대가 없어서 임시로 이 병동에서 며칠 대기 중이라고 수다를 떠는 노인과 첫날밤을 보내게 되었다. "여기도 사람 사는 데다." "다 살아진다." 병원 궁금한 거 있으면 물어보라며 너스레를 떤다. 밤새 기차 화통을 삶아 먹은 듯 코를 곤다. 잠을 이룰 수 없다. 내가 왜 여기에 왔고 내일부터 무슨 일이 일어날지? 어떻게 해야 하는지? 머릿속이 하얘졌다. 내가 저지른 죗값을 치르는 건가? 제대로 치러야 할 판이다. 업보이다.

2019년부터 아내는 알코올중독자 배우자 모임에 참가해 왔다. 매주 만나 서로 고백하는 자조모임이다. 술만 안 마셨다 뿐이지 그들도 알코올의존증과 비슷한 중독적 성격을 가지고 있다. '공동 의존증'이다. 그 모임 배우자들 입원 경력이 화려하다. 아내는 그들과 교류하며 용기를 냈다. 아이들과 상의 후 입원시키기로 결정지었다.

요즘은 나도 알코올중독자 모임에 나간다. 입원을 수십 번, 백 번한 경험자도 있고 환시, 환청을 겪은 사람도 있다. 병원에 수년째 있는 사람도 있고 환자끼리 병원에서 다시 만나 조우하는 일을 종종 본다. 중독자로 병원이나 시설에 감금되는 것은 아픈 기억을 남긴다. 절대 가서는 안 된다. 제발 거기까지 가지 않길 바랄 뿐이다.

2. 53일간의 병원 생활

같은 병실이 아니라도 매일 함께 교육을 받는다. 배식을 위해 길게 줄을 서고 로비에서 신문을 본다. 장기나 바둑을 두니 친한 사람끼리는 재미있게 지낸다. 나는 어울리지 못한다. 장기나 바둑 같은 잡기에는 관심이 없다. 탁구나 당구도 그렇다. 신문을 보거나 헬스기구 운동을 할 뿐이다. 보건복지부에서 지정한 알코올중독치료 전문 의료기관이다. 그래봤자 정신병원이다. 하루 몇 시간 중독자 교육을 받지만 시간 때우기이다. 누구나 삼시세끼 밥때만을 기다린다. 무료해서 TV를 보거나 책을 보기도 한다.

술을 먹지 못하게 가두어 놓고 보호자가 퇴원을 원할 때까지 맡겨진 상태 즉, 위탁 관리되는 느낌이다. 이런 병원이 전국에 많다. 일반 정신병자와 섞어 놓은 데는 싸고 알코올 환자만 있는 데는 비싸다. 중독자 교육을 하는 데가 비싸다. 의왕의 다사랑 중앙병원은 전국 최고의 시설과 교육시스템을 갖추었다고 한다.

터줏대감들이 많다. 병원에 살다시피 하는 환자도 있다. 몇 번째, 수십 번째 입원하는 환자도 있다. 다른 병원에서 같이 지냈다가 여기에서 만나기도 한다. 처음 입원한 환자는 우리 병동 45명 환자 중 몇 명뿐이다. 아침체조와 명상으로 하루를 시작한다. 군대처럼 식판을 들고 줄을 서서 밥을 받아먹는다. 평일에는 매일 중독에 관한 강의를 들어야 한다. 병원 복지시설이 좋다. 당구대와 탁구대, 헬스기구가 있다. 입원비도 비싼 병원이라고 한다. 우스갯소리로 알코올중독 전문병원의 '스카이'라고 했다. 환자의 몸에서 숙취가 빠지면 6인실로 배정된다. 입원 1주일이 지나면 오후 6시부터 3시간 동안 휴대폰 사용을 허용한다.

6인실로 옮겼다. 병실 최고참은 28살이다. 틈만 나면 러닝머신 운동으로 몸 챙기는 젊은이다. 건강보험금 수급 때문에 이곳저곳 병원을 옮겨 다니는 환자다. 퇴원해서 생업에 뛰어들 의지가 없어 보인다. 나이가 제일 많은 분은 64세이다. 만 65세가 넘으면 노인병동에 가야 한다. 코를 심하게 골아 눈치를 많이 본다. 이분은 30년간 병원, 시설생활을 했다. 백번도 넘게 입원해서 정확한 횟수를 모른다. 수십 년 전, 6명씩 발목에 체인을 연결하고 생활하는 기도원 시설에 있었다고 한다. 한 명이 화장실에 가면 5명이 따라 다녔다고 한다.

술 때문에 딸과 연락이 끊긴 지 10년이 넘었고 부인은 치매 초기이다. 장가 안 간 40살 아들이 고깃집 숯불 알바와 대리운전을 해서 아버지를 입원시켰다고 한다. 이번에는 꼭 술을 끊어서 치매 엄마를 챙기라고. 이분은 6시에 휴대폰을 받아 부인과 통화할 때만 빼고는 말없이 창밖만 내다본다. 나보다 한 살 많은 환자는 감옥에 두 번 다녀온 걸 무용담으로 떠벌린다. 내가 EMS로 강제 입원당했다고 하니 마누라가 바람나서 재산을 노리는 게 분명할 거라고 지껄인다. 여섯 달 결혼생활 경험이 전부인 사람에게 이따위 이야기를 듣고 있어야 하다니! 며칠 뒤, "어이! 용기!" 하고 나를 아이 부르듯 한다. 아주 무례하다. 눈 마주치는 것도 차단하고 말도 나누지 않는다. 한강 교량을 설계하고 감리했다는 인텔리로 보이는 환자는 과묵한 샌님 형이다. 이 친구는 내가 입원하고 얼마 지나지 않아 퇴원하더니 한 달쯤 뒤 비쩍 마른 몰골로 다시 입원했다. 술에 절어서 입원 후 3일간 식음을 전폐하고 잠만 잔다. 50살이 된 미혼 남자는 조현병 환자다. 하루 종일 혼잣말을 한다. 허공에 대고는 '싸가지 없다'고 어린 학생을 훈계하고 삿대질을 한다. 미친 게 분명하다. 진짜 앞에 아이들이 보이는 걸까? 옆 침대에서 뒷벽을 보고 형수에게 "이년! 저년!" 몇 시간씩 듣기 거북한 욕을 한다.

어느 날은 자다가 화장실 가려고 일어났는데 깜깜한 어둠 속, 얼굴 바로 위에서 나를 내려다보고 있는 게 아닌가? 너무 놀라 가슴이 철렁 내려앉았다. "이 미친놈! 뭐하는 거야? 여기 있다가는 내가 돌아버리겠다." 쏘아붙였다. 그래도 심성은 고운 사람이다. 알코올중독과 합병 증세로 심각한 정신착란을 보이는 환자가 뒤죽박죽 섞여 있었다.

특별한 금단증상은 없다. 다만, 따분하다. 여기에 있는 현실이 한심하고 비참하다. 갇혀 있는 처지를 한탄하다 보니 연민과 우울감이 올라온다. 회사일, 재판을 챙겨야 하는데 뾰족한 수가 없다. 임원진을 믿고 변호사를 선임하는 것밖에는 방법이 없다. 국방부 시계처럼 병원의 시곗바늘도 돌아간다. 상담사가 숙제를 준다. 쓰다 보면 반성문이 된다. 남는 시간에 독서를 한다. 읽을 책이 없으면 성경책을 읽는다. 나는 신앙이 없다. 형식적으로 사찰에 네 식구 1년 축원 등을 단다. 고전이며 철학책이라는 생각으로 성경을 읽는다. 좋은 글은 필사한다.

입원 2주가 지나 혈액검사를 했다. 입원 시 GGT(r-GTP)가 600IU 정도에서 360 IU로 좋아졌다. AST, ALT는 20 이하로 정상이 되었다. 정상체중이 68kg인데, 52kg으로 망가져서 입원했다. 규칙적인 병원 생활 덕분에 몸무게도 원래대로 회복되었다. 하루 30분 러닝머신을, 30분은 기구 운동을 한다. 희한하게도 금단증상처럼 '통풍'이 재발했다. 참기 어려운 통증이다. 목발 대신 링거 거치대를 끌고 다니면서도 빠짐없이 수업을 들었다. 병원 생활을 잘해야 상담사가 환자 상태를 보고하고 의사와 가족이 퇴원 일정을 잡는다. 상담사는 3개월을 관리병동에서 보낸 후 개방병동, 재활병동으로 보내려고 한다. 총 1년 코스 패키지 치료이다.

개방병동은 2시간씩 자유시간이 있어 외출이 가능하다. 재활병동은 직장에 출퇴근하거나 병원에서 허드렛일을 하며 입원 생활을 한다. 나는 가족을 설득해 하루빨리 병원에서 나가는 것만 생각한다. 휴대폰 사용이 허용되면서 가족과 통화해 구슬려 본다. 나가면 가만두지 않겠다고 협박도 한다. 여기 있다가는 진짜로 미칠 것 같으니 당장 꺼내라고 겁박도 한다. 국민권익위원회 민원을 넣거나 소송을 진행할 수도 있다고 엄포를 놓는다. 그래도 가족은 끄떡도 않는다.

매일매일 애걸복걸한다. 입원이 길어지고 교육을 받으면서 술 마신 과거를 깊이 반성하게 된다. 평생 술을 마시지 않겠다고 이 악물고 결심하게 된다. 병원 생활을 끝내고 5월 15일 퇴원했다. 53일 만에 햇볕을 직접 내리 쐬었다. 아내와 딸, 아들이 병원에 왔다. 반가움 반, 미움 반이다. 지긋지긋한 곳에서 벗어난다는 기쁨도 있지만 가족에게 버려졌다는 측은지심도 있다. 양가감정이다.

　중독자에게 등불이 되는 '시' 한 단락을 소개한다.

　과거를 팔아 오늘을 살지 말 것.
　현실이 미래를 잡아먹지 말 것
　미래를 말하며 과거를 묻어 버리거나
　미래를 내세워 오늘 할 일을 흐리지 말 것.
　―「경계」, 박노해

3. '고도 적응형 알코올중독자' 꿈꾸었지만

　흔히 알코올중독자라고 하면 제대로 된 직장도 없고 폭언과 폭행을 일삼으며 무기력하게 술에 빠져 사는 사람을 떠올린다. 하지만 우리 주변에는 고학력, 고소득의 번듯한 모습을 하고 있지만 알코올 문제가 심각한 중독자가 많다. 이를 고도 적응형 알코올중독이라고 한다. 직장이나 가정에서 문제가 없으므로 문제를 받아들이지 못하고 치료를 받을 생각조차 하지 않는다. 스스로도 중독이라고 생각하지 못할 만큼 자기관리를 한다. 중독으로 사생활을 들키거나 실패자로 낙인찍히지 않기 위해 자기 일에 더욱 집착한다. 어느 정도 기간을 두고 술을 끊거나 줄이기도 하지만 결국 인내에 대한 보상으로 다시 술을 마신다.

　술을 잘 마시는 사람이 사회생활도 잘한다는 잘못된 인식도 문제이다. 고도 적응형 알코올중독자는 주정을 부리는 일이 거의 없다. "일을 잘 해내는데 중독 문제가 조금 있다고 무슨 큰 문제가 될까?"라는 식으로 자신을 합리화한다. 기업의 회장, 전문직 종사자, 프리랜서, 연예인이 이런 경우가 많다. 이들은 자기 위치에서 중요한 일을 잘 소화한다. 드라마나 CF가 들어오면 미리 몸을 만들고 연기 연습을 한다. 신곡이 나오거나 콘서트를 앞둔 가수도 마찬가지다.

　사업 초기, 우리 회사는 외부 전산시스템을 사용했다. 여러 회사들이 공히 사용하도록 일반화된 시스템이다. 시스템으로 1차 급여작업을 한 후에 엑셀 파일을 활용해 인위적으로 데이터를 가감한다. 최종 마무리는 내가 직접한다. 날밤을 샌다. 사무실에서 술을 홀짝홀짝 마시며 키 보드를 두드린다. 술기운에 알딸딸해져도 숫자나 통계는 정확하다. 늘 대견하고 뿌듯하다. 나는 술을 마셔도 문제가 없다고 생각한다. 고객을 만나거나 친구를 만나도 마시는 양만 조절하면 문제가 생기지 않는다.

회사에 큰일이 생겨도 너끈히 감당해 낸다. 세무감사를 받는다. 채권추심을 위해 대질심문을 하거나 재판에 출석한다. 이런 중요한 일도 척척 해낸다. 전날 숙취로 정신이 조금 혼미하지만 눈을 부릅뜨고 실수 없이 해낸다. 고도 적응형 알코올중독자라고 생각한다. 남보다 지능이 높고 창의적이며 일을 처리하는 속도가 빠르고 정확하다. 술에 취해 컴퓨터 작업을 해도 한 치의 오차도 없다. 돈에 대한 철학은 철저해서 큰 먹튀 사고를 당할 때까지 '무차입 경영'을 했다. 사무실 월세나 공과금, 카드 결제 일을 단 하루도 어기지 않았다. 직원 급여도 20년간 한 번도, 한 명에게도 어기지 않았다. 나는 완벽하다고 내세웠다. 남들과 다른 사람이라고 선 그으며 비난을 차단했다.

2017년은 중독 인생의 변곡점이 되었다. 이미 중독자였지만 중증 중독자로 심각해진다. 혼술이 시작되었고 여전히 낮술을 한다. 해장술도 한다. 장취에도 빠진다. 술자리에서 채용을 결정한다. 수천만 원 스카우트 지원금을 지급하기로 한다. 돈 자랑을 못 해 무언가에 씐 사람처럼 돈을 지른다. 호방한 '사나이' 인양, 술잔을 부딪치고 안주를 집어 먹기도 전에 오케이라고 승낙의 말을 내뱉는다. 가재도구에 빨간 딱지를 붙였더니 오히려 채권자인 나에게 소송을 걸어왔다. 난생처음 피고가 되었다.

술기운에 법정에 갔다. "이 인간은 도둑이다" "빚진 놈이 소송을 걸어오다니 적반하장도 유분수다"라고 판사에게 따졌다. 판사가 "거 참! 조용히 해요" 윽박지른다. 판사가 조정을 권해 조정실로 들어갔다. 술이 덜 깨서 합의를 본다. 나와서 생각하니 손해 본 듯하다. 몇 날 며칠 분통 터져 온통 그 생각에 꽂혀 산다. 깨어있는 상태였다면 이 정도로 양보했을까? 술 앞에 장사 없다. 이미 술 때문에 많은 것을 잃었다.

리크루팅에 실패해서 돈도 잃고 사람도 잃는다. 자금난을 불러와 회사가 어려워진다. 소송에서도 손해를 본다. 나는 '왜 이렇게 재수가 없지' 푸념하며 마신다. 상황이 술을 부르고, 술이 술을 부른다. 중독은 과거 모든 좌절의 기억을 끌어당긴다. 인생 속에 늘 술이 있다. 술이 떡 버티고 앉아 하루하루 모든 것을 지배한다. 이렇게, 술이 최우선이 된다. 더 이상 '고도 적응형 알코올중독자'가 아니다.

언제나 시작했다 하면 만취하는 술주정꾼이다. 마실 때는 평상시와 다르다. 눈이 풀리고 목소리가 커진다. 좌중을 장악해야 직성이 풀린다. 나는 베푸는 사람, 너희는 보살핌을 받는 사람이라는 아이덴티티를 만들어 버린다. 지배자의 위치에 있어야 안전하다고 느낀다. 술이 덜 깨어 머리가 지끈대고 정신이 혼미하면, 그래서는 안 될 순간에 긴장을 한다. 많은 사람 앞에 서서 연설하는 것도 두렵다. 낯선 사람도 그렇고, 낯선 장소에 있는 것도 불안하다. 사회적 지위가 높은 사람 앞에서 위축된다. 중대한 결정을 내려야 할 때도 긴장한다. 긴장감을 감추려고 남들이 눈치채지 못할 만큼 몰래 술 몇 잔을 마신다.

술 문제를 제외하고는 대부분 모든 일에 있어서 현명하고 균형 잡힌 사람이라고 생각한다. 그러나 술 문제만은 거짓말투성이고 자기중심적이다. 항상 고립되어 있고 고독하다고 느낀다. 우울하거나 슬픈 감정을 무디게 하려고 술을 찾는다. 술은 교활하다고 말하지만, 술은 도구일 뿐이다. 내가 교활한 것이다. 아직도 나에게 소중한 가족이 있고 회사 동료와 친구가 남아있다. 회사 법인도 있고 지켜야 할 재산도 있다.

술 때문에 잃은 신뢰를 회복해야 한다. 술을 끊었다고 허물어진 평판이 금방 보수 공사 되지 않는다. '나의 존재 가치'를 되살려야 한다. 그 길이 멀겠지만 뚜벅뚜벅 걸어갈 것이다. 추억 먹고 살지 말고, 꿈을 먹고 살라! 는 말이 있다. 술로 인한 치욕의 과거는 조금씩 잊어가면서 미래를 만들고 겸손하게 살아 보겠다. 남을 존중하겠다. 예순 살, 잘 익은 홍시처럼 여유롭게 자비를 행하며 살겠다. 세상에는 많은 고도 적응형 알코올중독자가 있다. 애주가라고 자신하는 사람 중에도 많다. 스스로 문제가 있다고 생각되면 조기에 진단받고 치료하는 것이 좋다. 고도 적응형 알코올중독은 애주가에서 중독자로 넘어오는 중간 단계에 있다.

"날마다 그날 하루에 지은 죄를 회개하는 사람은, 죽는 날에 하루의 죄밖에 회개할 것이 없다."
—P. 헨리

4. 입원일기장 / 나는 소중한 사람입니다

점점 병원 생활에 적응해 나가고 있다. 소송 등 문제도 처리되었다. 변호사를 선임했고 한 건은 연기했다. 45명의 환자 중에 6번째로 나이가 많다. 65세 이상 노인들은 3층 노인병동에 따로 있다. 아내가 간식비로 입금해 준 돈으로 중독과 A.A 관련 책을 구입했다. 세트로 된 책 묶음 속에 일기장이 들어 있다. 부제로 '나는 소중한 사람입니다.'라고 쓰여 있다. 병원 생활 기록을 일기로 써볼 참이다.

2021. 4. 5 (월, 입원 14일째)
금단증상이 없다. 간호사나 보호사와도 잘 지낸다. 환자들과 적당한 거리를 유지하며 소통한다. 몇몇은 형님이라 부르며 따른다. 그렇지만 그들의 형이 되고 싶지 않고 연락처를 나눌 생각도 없다. 따분하고 심심하다. 멍청해지는 느낌이다. 아무것도 할 수 없는 내가 한심하다. 한 달 전에 입양한 마롱(반려견)이 보고 싶다. 지난 며칠 동안 교재 반 이상을 읽었다. 휴게실에 비치된 '마음의 언어' 잡지 몇 년 치도 읽었다. 나흘 전 통풍이 재발하여 엄청난 통증에 시달렸다. 다행히, 오늘부터 보조기구 없이 절뚝거리며 걸을 수 있다. 노숙인처럼 떡 진 머리에 몇 달째 이발을 못 해 거울에 비친 몰골이 추악하다. 이럴 줄 알았으면 입원 전에 머리라도 깎아둘 걸 그랬다.

2021. 4. 6 (화, 입원 15일째)

냉소적으로 변하고 있다. 내가 이렇게 과묵하게 지낸 적이 있었나? 식판에 밥을 타서 같은 병실 환자들에게 "맛있게 드세요." 한마디를 한다. 오후 6시, 휴대폰을 받고 회사에 별일 없었는지 확인하는 전화 말고는 말이 없다. 휴대폰 통화가 허용되고 아내와 아이들에게 진탕 화를 쏟아부은 후, 1주일 동안 통화하지 않았다. 그들은 내가 하지 않으면 절대로 먼저 하지 않는다. 자존심이 상한다. 나도 먼저 걸지 않는다. 언제든지 내 의사와 관계없이 가족에 의해 감금되거나 미친 사람 취급될 수도 있다는 현실이 서글프다. 내 삶이 보잘것없이 초라하다는 사실이 납득되지 않는다.

2021. 4. 12 (월, 입원 21일째)

유치하게 먹는 걸로 차별한다. 이런 것에 반응하는 내가 더 유치하다. 내가 이 정도로 치졸한 사람이었던가? 매주 환자들이 '한마음회의'라는 환우 모임을 연다. 반상회 같이 진행한다. 2주에 한 번, 회장과 부회장을 뽑고 이들이 반찬 배식을 한다. 친한 사람은 많이 퍼 준다. 오래된 환자끼리 친하다. 나는 담배도 안 피우니 이들과 만나기가 쉽지 않다. 아니 별로 친해지고 싶지도 않다. 반찬으로 차별하는 그 사람들이나, 그걸 고깝게 생각하는 '나'나 밴댕이 소갈딱지인 것은 매 한 가지이다.

2021. 4. 19 (월, 입원 28일째)

매일 수업을 듣고 필기도 한다. 조금씩 중독이 무엇이고 중독자는 어떤 사람인가 알게 된다. 같은 방 환자들보다는 덜하지만 나도 분명 중독자가 맞다. 알코올중독이 뇌질환이고 치명적인 진행성 불치병이라는 것을 알았다. 죽을 수도 있으며 뇌는 계속 죽어가고 있다. 단주만이 사는 길이다. 단주 의지를 굳게 다지고 퇴원해야 한다. 아내에게 마음의 고통을 준 걸 속죄하는 의미로 1달 정도 입원을 견뎌보려고 한다. 입원 생활을 하니 참을성이 늘고 분노를 조절하는 능력이 생긴다. 내가 없이도 회사는 잘 굴러간다. 친구나 외부전화는 없다. 오후 6시 휴대폰을 받고 꼭꼭 확인하지만 부재중 전화가 없다. 입원하기 전부터 다른 사람들과 많이 단절되어 살았다. 한 달에 두어 번의 전화만이 걸려왔었다. 거는 것도 별로 없었다. 카카오 톡 으로만 소통해 왔다.

2021. 4. 26 (월, 입원 35일째)

　한 달 만에 퇴원을 원했지만 뜻대로 되지 않았다. 퇴원을 긍정적으로 검토한다던 상담사는 소극적이다. 회진 시 의사에게 이야기했더니 "사모님과 이야기했는데요. 좀 더 두고 보기로 했어요." 하고 휑하니 지나간다. 자포자기하게 된다. 누구도 믿을 수 없다. 며칠 전 아내는 통화에서 의사 선생님께 퇴원해도 되는지 이야기해 보겠다고 했었다. 갇힌 신세이고 가족 두 명의 의견이 일치해야 퇴원이 가능하다. 나의 주장은 먼 산 메아리이다. 내일, 상담사와 이야기해 보고 비협조적이면 국민권익위원회에 민원을 넣어야겠다.

2021. 5. 8 (토, 입원 46일째)

어머니가 돌아가신 지 오늘로 만 7년이다. 어버이날 어머니가 돌아
가셨다. 사무치게 그립다. 돌아가시기 전 병원에 면회 갔을 때 마지막
모습이 아른거린다. 돌아가시기 두 달 전부터 나를 알아보지 못하셨
다. "아저씨는 누구세요?" 그 말을 듣고 병원 밖으로 나와 울었다. 한
동안, 줄기차게 눈물이 흘렀다. 어머니가 계셨다면 퇴원도 가능하다.
집안 가장이 더 이상 가장이 아니다. 고아인 나는 아내와 아이들에게
결정권을 뺏겼다. 셋 중 둘이 동의해야 퇴원이 가능하다. 매일 똑같은
일상이다. 병원 생활이 지겹다. 다음 주에는 퇴원을 시켜줄 것처럼 아
내가 말했다. 침착하고 진중한 성격이니 믿어보기로 한다.

2021. 5. 14 (금, 입원 52일째)

내일 퇴원이다. 토요일이라 아내와 아이들이 모두 온다고 한다. 입
양 한 달 만에 헤어지게 된 마롱(반려견)이도 데려온단다. 카누커피,
텀블러, 종이컵, 초코파이와 비누, 샴푸까지 남은 물건을 입원실 환
자들에게 나누어 주었다. 52kg으로 입원한 몸은 68kg이 되었다. 앉
았다 일어설 때 허벅지와 골반이 아프다. 묵직한 살집이 잡힌다. 통
풍 통증은 사라졌다. 엊그제부터 정상걸음을 되찾았다. 텔레파시가
통했는지 조카의 전화가 왔다. 입원 내내 아내를 제외하고는 처음으
로 걸려온 전화다. 아내의 전화도 한 번뿐이어서 반갑게 받았다. 삼
촌이 이러저러해서 병원에 왔고 내일 퇴원한다고 하소연했다. 조카
는 한숨을 내쉬었다. 조카 와이프도 알코올중독자라며 삼촌께만 알
리는 거라고 했다. 까맣게 몰랐던 조카의 고민을 들었다. 들어보니

중독이 심각한 상태다. 9층 여성병동에 입원을 권유했다. 하지만 모든 판단은 조카의 몫이다.

어느 집 하나 걱정 없는 집이 없나 보다. 죽을 때까지 다시는 술을 먹지 않겠다고 다짐한다. 술을 사랑했던 만큼 남은 삶을 사랑하며 살겠다고 결심한다. 항 우울제 아빌리파이와 항 갈망제 날트렉손 처방 따위는 필요 없다. 약에 의존하지 않겠다. 약의 효능을 믿지 않는다. 나 스스로 중독으로부터 벗어나겠다. 내 마음에 여러 전등이 빛을 밝히고 있다. 가족이 주는 따스한 백열등, 지인들이 비추어 주는 밝은 형광등. 빛을 등지지 않고 마주하며 당당히 걸어가겠다.

이튿날, 퇴원했다. 간단한 짐과 책을 들고 병원 로비로 내려왔다. 53일 만에 바깥 공기를 만났다. 햇볕을 온몸으로 쬔다. 공기는 신선하고 햇볕도 따사롭다. '나는 소중한 사람입니다.'

5. 담배를 끊었으면 어떤 것도 끊을 수 있다

알코올중독과 흡연이 어떤 상관관계가 있는지는 모른다. 단지, 병원 입원환자 중에 비흡연자 확률은 3% 이내이었던 것 같다. 9층 여성 병동의 확률을 모르니 함부로 얘기하기는 힘들지만 남자 중독자들은 그렇다. A.A를 다니며 많은 회복자들을 만나보니 그들도 다섯 중 넷은 담배를 핀다.

고등학교 1학년 아버지를 여읜 이후 담배를 피웠다. 스트레스를 해소하고 초조할 때 신경안정제 같은 역할을 했다. 35년간 줄기차게 담배를 피웠다. 끊으려고 금연패치도 붙여보고 여러 방법을 시도해 보았지만 소용이 없었다. 늘 심란한 상황이 되면 옥상에 간다. 담배를 물고 통화하며 옥상 이쪽저쪽을 왔다갔다 한다. 때로는 긴장감을 줄여주고 때론 조급함을 막아주는 구실을 해왔다.

2013년이다. 당시 1주일에 이틀씩 남영동 사무실에 출근을 했다. 그 건물은 수천 명의 텔레마케터가 근무한다. 보험사, 홈쇼핑 등 대기업 콜 센터가 입주해 있다. 제법 쌀쌀한 날씨에도 담배를 피우러 1층 공터로 내려갔다. 수백 명의 여자 텔레마케터들이 왁자지껄 담배를 피운다. 남자는 가뭄에 콩 나듯 있다.

담배 한 개비를 꺼내 공터로 다가갔다. 그런데 묘한 냄새가 난다. 머리가 '띵'하고 어지럽다. 화장품 냄새와 향수 냄새가 담배연기와 섞였다. 닭장 냄새 비슷하게 고약하고 매스껍다. 구역질이 난다. 급히 그곳을 벗어났다. 갑자기 담배 냄새가 역겹다. 피우다 남은 반 갑을 책상 위에 두었다. 끊어 볼까? 책상에 앉아 불현듯 결정했고 8년 넘게 금연 중이다. 한 달쯤 지나 책상 위 담배를 버렸다. 다른 사람 줄 수도 있었지만 마음을 접는 데는 버리는 게 낫다고 생각했다. 담배만큼은 죽을 때까지 다시 피우는 일이 없을 것이다.

초등학교에 들어가기 전 이야기다.

아버지는 자전거에 나를 태우고 옛 직장인 엽연초생산조합 숙직실로 가신다. 하루 종일 화투를 치신다. 기다리기 심심해서 인근 성당과 사무실을 빈둥거린다. 집에 오는 길에 꼭 대폿집에 들르신다. 나에게는 풀빵을 사준다. 도박하는 아버지가 싫다. 어머니와 부부싸움을 하는 이유가 술과 도박이었다. 지금 우리 형제들 누구도 도박을 안 한다. 나는 로또도 사지 않는다. 게임도 하지 않는다. 2017년 마지막 골프를 치고 골프도 접었다. 그때의 골프도 10년 만의 라운딩이었다. 98년부터 10년간 골프를 했어도 크게 흥미가 없었다. 운동 목적이 아닌 내기골프, 돈을 잃지 않으려고 기를 쓰며 스트레스를 받는 스스로가 싫었다.

23년째 주식투자도 하지 않는다. IMF 사태가 한창이었던 1999년 코스닥 열풍이 불었다. 그때 큰 재산을 잃은 적이 있다. 그 이후 주식을 끊었다. 개인적인 생각이지만 주식도 도박과 별반 다르지 않다고 생각한다. 근시안적 경제개념을 가졌다고 욕을 먹어도 내 관점으로는 여전히 주식과 펀드, 선물거래는 내 타입이 아니다. 10년 이상 믹

스커피를 한 잔도 마시지 않았다. 커피 크림이 몸에 좋지 않다는 뉴스를 듣고 마시지 않는다. 강장 음료도 마시지 않는다. 효과가 없다고 생각한다. 생수만 못하다고 믿고 있다.

얼마 전부터 썬 크림을 바르지 않는다. 자연스럽게 늙어가는 게 좋겠다는 생각이 들었고 그날부로 쓰던 썬 크림을 버렸다. 남자는 술, 도박, 여자 세 가지를 조심하라고 한다. 지금 이 세 가지 문제가 전혀 없다. 만약, 여자 문제가 생긴다면 반드시 재 음주가 생길 것이다. 염치를 아는 사람에게 부끄러운 행동이며 아내를 철저히 속여야 하는 일을 할 때 맨정신으로 할 수 없을 테니까. 그나마 가능성이 있는 것은 역시 술이다. 큰 화가 치밀어 오르거나 부부싸움이 벌어질 때, 아내가 장기간 집을 비워 술 마시고 싶은 간특한 충동이 일어날 때를 조심해야 한다.

최근 MBN '나는 자연인이다'의 '마초 산에 물들다' 프로에 출연한 63세 주인공 이야기에 감동했다. 그는 80년대 고고장 드럼 연주자였다. 경쟁 관계인 다른 고고장과 알력다툼이 벌어졌을 때 손등에 칼을 맞았고 그때 드럼 연주를 그만두었다고 한다. 중독자만큼 술을 많이 마셨었다고 한다. 아버지가 돌아가시며 제발 술 마시지 말라는 유언을 남기셨고 지금까지 술을 끊고 있다고 했다. 경외감이 들었다. 난폭한 상황은 빨리 모면해 안전한 곳으로 피하는 게 맞다. 아버지에 대한 존경심과 효심으로 백해무익했던 술을 하루아침에 끊은 모습이 멋있었다.

얼마 전, 울산에서 요양병원을 하는 부부를 만나러 경주에 다녀왔다. 후배도 술을 좋아한다. 매일 마신다. 내가 보기에는 그도 중증중독자이다. "형님! 담배를 어떻게 끊었습니까? 저는 술은 끊을지 몰라도 담배는 못 끊을 것 같습니다." "어느 날 문득, 결정했지! 지금부터 안 피워! 내 인생에서 담배는 아웃!" 하고 끊었다고 너스레를 떨었다. 나를 제일 아껴주는 아내는 "담배도 끊었는데 무언들 못 끊을까요? 당신은 한다면 하잖아요?" 하고 은근히 사기를 북돋운다. 내가 한다면 뭐든지 하나? 그렇지는 않다. 모든 잔소리 최종 목적지는 술이다. 수십 년간 구박을 받으면서도 술잔을 내려놓기가 정말 힘들었다.

입, 퇴원을 반복하며 단주를 결심했다. 남은 인생 술과 이별하기로 했다. 썬 크림과 믹스커피도 NO! 골프도 NO! 대체중독으로 글쓰기, 블로그에 중독되려고 무던히 애쓰는 중이다. 술을 멈추고 회사에 매일 출근한다. 30분 정도 중요한 결정을 조언하지만 책상에 앉아 원두커피를 마신다. 책도 보고 글도 쓴다. 미래를 상상한다. 12시가 되면 점심식사와 진한 커피 한 잔을 마시고 집으로 돌아온다. 밥도 하고 설거지도 한다. 빨래를 널고 개거나 강아지 산책도 내 몫이다.

6시쯤 퇴근하고 집에 오는 아내를 위해 밥상을 차린다. 매일 똑같은 일상 같지만 매일 매일의 느낌이 다르다. 그날의 관심사가 바뀐다. 날마다 공기도 다르고 날씨도 다르다. 마당과 정원에 있는 풀도 나무도 변한다. 하루가 똑같은 날은 없다. 담배를 끊는 것도 술만큼이나 어렵다고 한다. 그 어려운 걸 내가 해냈다. 담배는 남에게 주정을 부리지 않는다. 건강을 해치지만 술처럼 거짓말을 하지도 핑계를 만들지도 않는다. 술은 담배처럼 나만의 문제가 아니다. 다른 사람과 연관되어 있고 그들을 괴롭힌다. 자기 자신도 파괴해 간다. 만약 당신이 음주 조절능력을 잃어 가고 있다면 빨리 알아차리고 전문가와 상담해야 한다. 그길 뿐이다. 이제, 술! 너만 남았다. 딱 기다려! 앞으로의 인생에서 내쫓아야 할 요놈의 술을 지우고야 말겠다.

6. 재발 그리고 자발적 입원

70여 일 만에 출근했다. 집에 틀어박혀 술을 마신 기간에 입원기간을 더하니 시간이 많이 지났다. 회사는 변함이 없다. 내가 있거나 없거나 레일 위 궤도열차처럼 탈선 없이 같은 속도로 굴러가고 있었다. 2개의 재판 중 하나는 연기신청 하였고, 한 건은 고문변호사에게 위임해 진행하고 있었다. 재판의 승패도 입원을 이유로 바뀔 여지가 없었다. 회사는 시스템으로 작동하고 있다. 몇몇 스태프를 제외한 직원들은 이상한 낌새를 감지하고 있었다. 너무 오래 출근을 안 했다. 70일 만에 사무실에 나타났으니 의아해할 만했다.

퇴원했어도 억울함과 비참한 감정은 남아 있다. 입원할 정도로 중증 알코올중독자가 아니라는 생각이 여전히 남아 있다. 노숙자처럼 가족의 생계도 저버리지 않았다. 누굴 때리거나 물건을 부수지도 않았다. 전부터 중독자 배우자 모임에 다닌 아내가 다른 회원에게 못된 것을 배워 멀쩡한 초보 알코올중독자를 잡아넣었다고 생각했다. 아니꼬운 마음에 술을 참고 있기는 하다. 너무 똑똑한 마누라 탓에 지옥 구경했다고 체념했다. 알코올중독자는 맞다. 인정한다. 그러나 나 정도의 중독자는 흔하다. 중독자를 1~10점으로 분류하면, 나는 중간지점인 5점은 넘지만 중증인 9~10에는 해당되지 않는다고 생각한다. 집에 돌아오면 웃음기가 없어진다. 술은 참고 있지만 재 음주 리스크는 안고 있다. 시한폭탄의 시계는 이미 작동하고 있었다.

6월 2일부터 3박 4일로 아내가 제주도 친정에 갔다. 집에 홀로 남겨진다. 술을 숨겨놓고 마시던 중독자에게 눈치 볼 필요 없는 자유분방한 상황은 견뎌내기 힘들다. 아내가 출발하고 12시간이 지났다. 시곗바늘은 밤 10시를 가리키고 있다. 마실까? 참을까? 12시간 동안 망설이고 있다. 텔레비전은 켜 놓았지만 시선이 가지 않는다. 모든 생각이 술에 꽂혀있다. 엄청난 갈망, 음주 충동과 겨루고 있다. 밤 11시, 편의점이 문을 닫는다. 서둘러 차를 몰아 편의점으로 간다. 내일 몫까지 소주 4병을 산다. 그렇게 다시 마셨고 6일 동안 쉼 없이 술을 마셨다. 강제 입원당한 3월 24일 이후 71일 만에 재발하고 말았다.

　며칠 후, 아내가 돌아왔지만 술은 멈출 수 없었다. 아내도 자포자기했다. 측은지심이 들었을 게다. 6일 후, 정신을 차리고 음주를 멈추었다. 아내는 입원을 권했다. 참담했다. 무너진 의지, 초라한 몰골을 되돌아보았다. 궁여지책으로 다시 입원하기로 마음먹었다. 저번 달 퇴원하고 광교신도시에 작은 오피스텔을 매입했다. 내일이 잔금일이다. 회사에 나가 등기서류를 챙긴다. 셀프등기를 하고 나서 자진입원하려고 한다.

　6월 9일 아내와 수원으로 출발했다. 영통구청에 들러 취득세를 납부하고, 등기소에서 소유권이전을 마쳤다. 이제 병원으로 가서 입원을 해야 한다. 가는 내내 마음이 흔들린다. 참담하다. 입원하기 싫다. 아내에게 다시 한 번 단주에 도전하겠으니 한 번만 더 믿어 달라고 매달려본다. 아내는 가차 없다. "혼자 힘으로는 안 되는 거, 너무나 잘 알잖아요?" 더 이상 매달리는 것도 구차하다. 아내의 고집을 꺾을 명분도, 방법도 없다.

채혈을 해서 혈중알코올농도를 측정했다. 안 마신 지 35시간이 지났다. 수치가 0이 나왔다. 알코올이 몸에 없으니 자진입원이 가능하다. 자진입원은 환자가 원하면 언제든 퇴원할 수 있다. 그나마 다행이다. 만약, 조금이라도 알코올 수치가 나오면 동의입원이 된다. 동의입원은 직계존비속 1명이 동의해야 입, 퇴원이 가능하다. 그렇게 6월 9일 재입원했다.

두 번째라서 그런지 병원 생활은 익숙했다. 환자도 80%는 그대로이다. 병실이 바뀌었다. 같은 병실 환자들에게 첫 입원 했을 때 이야기를 했더니, 앞 침대 환자는 27번이나 EMS로 입원했다고 한다. 나보다 한 살 적은데 15년의 입원 스토리가 파란만장하다. 개방병동, 재활병동도 겪었다. 그는 병동 청소를 도맡아 한다. 왜 하냐고 물어봤더니 취미활동이라고 한다. 큰 갈빗집을 운영하던 그는 상당한 재산이 있지만 잦은 재 음주로 가족에게 신뢰를 잃은 듯했다.

어머니가 운영하는 순대 집에서 배달하던 50살 노총각은 조현병이다. "태정태세문단세 예성연중인명선"을 읊조린다. 누구랑 이야기하는지 허공에 대고 지껄인다. 잠꼬대도 많이 하는데 가끔 죽인다고 소리치는데 섬뜩하다. 어느 날, 실실 웃으며 내게로 온다. "형님! 제가 지금 누구랑 통화했는지 아세요?" "누구랑 했는데?" "박근혜랑 했습니다." 어처구니가 없지만 되묻는다. "뭐라구? 박근혜가 어디 있는데 네가 통화했다는 거야?" 그는 대답한다. "지금 미국에 있잖아요? 형님은 똑똑한 양반이 그것도 몰라요?" 아주 선한 사람이지만 현실과

꿈을 구별하지 못한다. 잘생긴 30대 후반 애기 아빠도 있다. 카페를 운영하다 코로나가 왔고 장사가 안되니 문을 닫았다. 부인이 교사인데 아내가 출근한 후 집에서 매일 술을 마시다 본가, 처가 식구가 모두 동의하여 입원 되었다고 한다.

자진입원이라 부담이 없었다. 그런데 나중에 보니 병원 측이 동의입원으로 처리해 놓았다. 아내가 동행해서 그렇게 처리했다고 한다. 의사와 따질까 고민했다. 알코올 수치가 제로였으니 우기면 되겠지만 그냥 참고 단주 의지를 굳게 가지려고 마음먹었다. 상담사가 자기가 맡았던 환자 중에 퇴원 후 6개월을 단주한 사람이 가장 길었다고 수업 중에 이야기했다. 빈정 상한다. 환자를 무시한다. 결국 재 음주해서 다시 병원에 돌아온다는 것이다. 상담사라면 자조모임에 다녀서라도 꼭 단주에 성공하라고 격려를 해 주어도 시원찮을 판인데. 이번에 나가면 반드시 단주에 성공한다. 최소한 6개월은 넘긴다. 그래서 상담사 코를 납작하게 해 놓고야 말겠다. 이 악물고 결심한다.

단주모임에 가면 수년, 수십 년을 단주하는 사람들을 흔치 않게 본다. 상담사가 얘기하는 환자는 단골 입원환자를 말한 것 같다. 1년 이상이라도 단주에 성공한 사람은 대단한 것이다. 아무나 할 수 있는 게 아니다. 그렇게 오랜 기간 단주에 성공하는 사람은 혼자 힘으로 하지 않는다. 전 세계적인 알코올중독자 자조모임인 A.A나 병원치료, 명상 등 대체중독에 빠진다. 중독에서 벗어나 한 분야에서 입지 전적인 인물이 되고 여러 사람의 추앙을 받는 사람은 자신의 명예를 지키기 위해 술을 끊어낼 수 있다. 이런 사람을 본뜨기는 쉽지 않다.

그래도 대체중독 대상을 찾고 술과 멀리하는 라이프 사이클을 찾아야한다. 어떤 조건에서도 술과 타협해서는 안 된다.

산은 산이요, 물은 물이라고 성철스님이 말씀하셨다. 중독에서 회복 중인 나는 "술은 술이요, 나머지는 모두 음식이다."라고 변형하여 아젠다로 삼기로 한다.

7. 한 잔은 너무 많고 스무 잔은 너무 적다

조절능력을 잃으면 중독이 된다. 중독자는 술을 마시는 동안 불합리하다. 비참한 일을 저지르기 쉽다. 완전히 '지킬 박사와 하이드'가 될 수 있다. 중독자는 적당히 취하는 경우가 없다. 언제나 만취한다. 술을 마시면 평상시와 다르게 행동한다. 세상에서 훌륭한 사람일지라도 하루만 술을 마시게 하면 정떨어지는 반사회적 인간이 된다. 해결책은 있다. 자신을 진실로 돌아보는 일, 자존심을 누르는 일, 자신의 결점을 고백하는 일들은 성공적으로 술을 끊기 위해 필요한 과정이다. 하지만, 이런 것들을 좋아하는 사람은 없다.

6월 9일 재입원한 후, 17일 만인 26일 퇴원했다. 짧은 병원 생활이었지만 처음 입원과는 달랐다. 책을 많이 읽었고 회사 애플리케이션도 깔아 경영상태를 점검했다. 무엇보다 잘 받아들이지 못하는 강제 입원에 대한 트라우마에서 벗어나려고 노력했다. 눈을 감고 과거 술 마시던 때의 이미지를 떠올려 본다. 억울하게 당했다는 분노를 놓고, 폐인이 되기 전에 가족이 고육지책으로 구해준 것이라고 관점을 바꾼다. 일기장에 감사 일기를 쓴다. 아내와 아이들이 나를 진심으로 아끼고 사랑해 주어 감사하다. 건강하고 총명한 유전자를 물려주신 부모님께 감사하다. 사업체를 잘 건사해 준 스태프도 고맙다. 나는 참모 복을 타고났다. 덕분에 우리 가족 20년 잘 먹고 잘 살았다. 고맙고 또 고맙다.

퇴원하자마자 6년 전 그만두었던 의식개발 코스를 다시 찾았다. 코로나 시대를 맞아 온라인으로 코스를 하고 있었다. 6월 말부터 12월 초까지 9번을 코스에 참가했다. 한 번의 코스가 9일 정도이니 80일 정도를 투신했다. 과거를 돌이켜보고 어떤 신념이 삶에 영향을 미쳤는지 알아본다. 새 삶의 목표를 찾고 의도적으로 살아가기로 결정한다. 오랜만에 다시 찾은 코스에서 활력을 찾는다. 중독자의 자기중심성을 알아차리고 새로운 신념을 만든다. 지치고 힘들었던 마음과 여행을 떠난 소중한 시간이었다.

글쓰기 동호회 활동도 했다. 대표작가가 50일간 매일 화두를 던지면 15분 동안 글을 써서 단톡방에 올린다. 50일을 끊임없이 완수하면 그동안 쓴 글을 모아 소책자를 만들어 준다. 50일을 해내고 다음 기수에도 다시 도전했다. 쓴 글들을 블로그에 올렸다. 첫잔을 마시면 어떻게 되는지 잘 안다. 그래서 의식개발 코스와 동호회에 빠져들었다. 음주 관련 책자에 나오는 단주를 위해 지켜야 할 수칙을 적어본다. 첫째, 첫잔을 피하자! '한 잔만 딱 한 잔만'으로 무너진다. 병원에서 무용담처럼 단주와 재 음주 스토리를 입에 달고 사는 환자들을 보아왔다. 그들도 살아보려고 애쓴 사람들이지만 한 잔의 유혹을 넘지 못하고 술을 끊어내지 못한 사람들이다. 둘째, 외로움도 피하자! 술에 대한 생각은 홀로 있을 때 교묘하게 마음속에 침투한다. 고독감을 느낄 때 술 마시고 싶은 충동이 강하게 온다. 신나는 일에 몰입하고 사람들과 관계하며 첫잔을 이겨내야 단주에 성공한다. 셋째, '하루하루에 살자'는 말도 있다.

단주 목표를 세우고 100일 채우기 작전을 하면 대부분 실패한다. 그냥 하루씩 쌓아가야 한다. 끝없이 매일매일 하루씩 덧셈하는 거다. 죽을 때까지. 한 잔! 이것이 죽음을 부르는 방아쇠이다. 한 잔 또 한 잔으로 술이 술을 끌어들인다. 술 취한 후에 술잔 수를 줄이려고 발버둥 쳐봐야 아무 소용이 없다. 술에 빠져드는 첫 잔을 들이키는 순간 참아왔던 봇물이 터진다. 홍수가 되어 둑을 무너뜨리고 만다. 전보다도 더 심한 알코올중독자로 전락한다. 술의 무간지옥에 떨어진다.

12월 3일, 176일의 단주가 무너진다. 부모님이 돌아가셨을 때처럼 인생 기둥뿌리가 뽑힌 듯하다. 공든 탑이 무너졌다. 이제 내 세상은 없다. 나 같은 놈은 죽어도 싸! 모든 희망이 사라졌다. 죽고 싶다. 다른 사람들에게 창피하다. 스스로 '결국, 나는 이 정도밖에 안 돼!'라고 자책한다. 이렇게까지 바닥에 떨어졌나? 헛웃음이 나온다. 의식개발 코스를 하던 중, 연습 방법이 틀렸다고 하루에 두 번을 지적받았다. Zoom이지만 100명 가까운 사람들 앞에서 질타를 받았다. 무려 1시간 동안 많은 사람 앞에 서서 인민재판을 받은 기분이다. 감정의 민낯을 집요하게 까발림 당했다. 마음속에 감추어둔 숨은 의도를 낱낱이 파헤친다.

치욕스럽다. 참지 못했다. 화면을 끄고 마당에 나와 안절부절못했다. 비싼 코스비도 아까워졌다. 80일을 투신한 코스에 회의감이 들었다. 코스고 나발이고 이 판에서 떠나야 한다고 생각했다. 음주 충동이 물밀 듯이 올라온다. 마음은 냉탕온탕을 오고 간다. 마실까? 안 돼, 지금까지 잘 버티었잖아? 저녁밥을 먹고 편의점에 간다. 무너졌다. 밤새 마셨다. 176일 만의 재 음주는 다른 좌절을 불러왔다.

두 번째 퇴원할 때, 얄미운 상담사가 조롱했던 6개월 시한을 나흘 앞두고 무너졌다. 강둑이 무너지는 순간, 6개월 단주에 대한 목표는 잊어버리고 말았다. 편의점 생각뿐이었고, 술이 목을 타고 넘어가는 짜릿한 기분을 한시라도 빨리 느끼고 싶었다. 내면에 숨겨둔 마지막 수치심과 자존심이 뿌리 채 뽑혔다. '이러이러해서 술을 마신다'는 명분은 없다. 그냥 '알코올중독자라 마시고 또 마신다!'가 되어 버렸다.

"한 잔은 너무 많고 스무 잔은 너무 적다." 단주자에게 한 잔은 성배가 아니다. 제사 지낸 후에 음복에 무너지는 중독자도 있다. 알코올중독은 죽음에 이르는 진행형의 치명적 질병이다. 딱, 한 잔이 죽음에 이르게 한다. 인간의 본성을 잃게 만든다. 중독자 모임에서 만난 어떤 사람은 30여 번이나 입원을 해왔다. 행정학 박사이며 사회복지학 석사이다. 11년 전부터 단주하고 있다가 얼마 전 5일 동안 맥주를 마셨다. 11년 전 그대로 되는데 단 하루가 걸렸다고 한다.

술 마신 첫날, 음주운전으로 골프장 내려오는 굽이길 가드레일을 받았고 연이어 다른 차를 뒤에서 접촉했다. 경미했지만 35만 원 현금을 주고 현장에서 음주 사실을 입막음했다. 모텔에 들어가 5일을 마시다가 자진 입원했다. 11년 전이나 지금이나 똑같더라. 우리 마음속에 선과 악이 있듯이 마실까? 말까? 두 마음이 있고 O냐? X냐의 양가감정이 있다. O가 반 이상이면 O고 X가 반 이상이면 X더라. 우리 중독자들의 뇌는 이미 고장 난 거다. 뇌 회로가 바뀌어 다시 입을 대면 도로 아미타불이더라.

이렇게 말한다. 알코올중독은 어떤 질병보다도 불행을 불러온다.

나만 불행한 것이 아니고 가족과 지인들까지 영향을 준다. 중독자의 영혼은 이미 본인의 것이 아니다. 술에게 소중한 영혼을 바치고야 만다. 21년 12월, 6개월 만에 재 음주를 했고 이때부터 단주와 재 음주를 거듭한다. 2주를 마시고 두 달을 참는다. 1주일을 먹고 50일을 참는다. 3일을 먹고 석 달을 참는다. 지금 현재, 다섯 달째 단주를 이어가고 있다.

진짜 주님이 누구일까? 그 주님(神)이실까? 주(酒)님일까? 무신론자인 나에게 구원의 손길은 없다. 술병을 쥐는 오른손만 조심하면 된다. 죽을 때까지 술을 끊어내기 위해 도전하고 있을 뿐이다.

8. 알코올중독은 평생 고칠 수 없는 병입니다

　알코올중독이 유전병이라는 데 동의하지 않는다. 하지만 중독 부모를 보고 자란 후손에게 대물림할 가능성이 많다. 우리 아버지도 술을 좋아하셨지만 중독자는 아니었다. 형제 중에도 나만이 술 문제를 가지고 있다. 병원에서 구입한 A.A의 책자 중 '빅 북'이라는 책이 있다. 1930년대 미국에서 A.A가 처음 탄생할 때, 초기 멤버들의 중독 이야기부터 지금 중독자까지 많은 경험담이 담겨 있다. 고백 형식으로 되어 있는데, 읽으면 대부분 깜짝 놀란다. 100년 전이나 지금이나, 다른 사람이나 나나 똑같다는 데 놀란다.

　중독자의 교활한 마음과 행동 방식은 모두 흡사하다. 그 누구보다 중독자들은 이중생활을 한다. 특급 배우이다. 바깥세상은 무대가 된다. 그들은 좋은 평판을 받기를 원하지만, 내심으로는 그런 대우를 받을만한 자격이 없다는 것을 알고 있다. 폭음하고 제정신으로 돌아와 희미하게 기억이 날 때 행동을 보자. 누가 보지 않았나 생각하면 소름이 끼친다. 될 수 있는 한 기억을 감춘다. 그것들이 결코 드러나지 않기를 바란다. 항상 두려움과 긴장 상태에 있고, 그것은 그들에게 더 많은 술을 마시게 한다.

　애주가 수준으로 잘 조절하다가 마지노선을 넘는다. 고통에서 벗어나려고 하거나 적적하고 우울한 마음에 술에 기대면 중독으로 빠지기 쉽다. 중독자는 가족력이 있거나 트라우마가 있는 경우가 많다. 어릴 때, 치욕스런 경험이 잠재의식에 사로잡힌 나머지 어떻게 빠져나오는지도 모른 채 평생을 끌어안고 산다. 어디서부터 중독인지 경계가 모호하다. 술을 안 마시면 견딜 수 없을 것 같은 불안이 오거나, 술을 마셔야만 살아갈 용기가 나는 지점이 중독의 경계가 아닐까? 1주일에 몇 번 마시는가? 한 번에 얼마나 마시는가? 이런 기준으로 중독을 단정 짓기는 어렵다.

"열흘을 마시기도 하고 열흘간 안 마실 수도 있어. 그러니까 언제든 마음만 먹으면 끊을 수 있어." "맥주는 도수가 낮아 관계없어. 맥주는 그냥 음료수야!" 중독을 부인하면서 매일 마시고, 술기운을 빌어 잠을 자며 항상 술 생각에 꽂혀 있다면 중독자이다. 이미 몸은 화학물질에 반응하는 여러 증거를 보여준다. 술에 갈망감이 온다. 초조하고 자기연민에 빠진다. 소금에 절인 오이지는 어떤 수를 써도 생오이가 될 수 없다. 중독자도 원래의 상태로 되돌릴 수 없다. 알코올 중독은 완치할 수 없는 뇌질환이다.

2003년, 사느냐? 죽느냐? 갈림길에 서 있었던 조금 황당했던 에피소드를 이야기해 본다. 당시 아이들도 어렸고 사업 초기여서 회사도 가정도 기반이 약했다. 아내가 퇴근하더니 다른 선생님들과 단체로 점을 봤다고 한다. 무당이 용하다고 해서 카풀 멤버 선생님 모두가 우르르 몰려갔다고 했다. 나는 평소에 '점'은 미신이고 점보는 것은 돈 낭비라고 여겼다. "내 과거를 신기하게도 다 맞추던데요?" 그래서 당신 것도 물어봤더니 "이 양반! 꼭 내 앞에 데려와라. 안 그러면 과

부된다."라고 하더라는 것이다. 이 말을 전해 들으니 섬뜩했다. 이제 41살인데 죽는다는 이야기다. 그냥 우스갯소리로 넘기기에는 신경이 쓰인다.

고민하다가 주말에 무속인을 찾아갔다. 허름한 옥탑방이었다. 사주를 얘기하니 쌀을 던져 점괘를 본다. 어린 시절 이야기와 부모님의 과거도 신기하게 맞춘다. 우리 아버지 말투도 흉내 내는데 똑같다. 신 내린 지 얼마 안 되어 용하다더니 무속 세계가 있기는 있나 보구나. 내 마음이 무당에게 홀리고 있었다. 무속인은 겁을 준다. "저승에서 아버지가 외로워요. 그래서 늙으신 어머니를 모셔가야 하는데 금쪽 같이 소중해서 아끼고 아끼던 막내아들을 데려가고 싶어 해요."라고 했다. 굿을 해서 풀지 않으면 금년을 넘기지 못하고 죽는다고 말한다. 뒤숭숭한 나머지 아내와 시내를 찾아다니며 다른 무속인과 사이비 절까지 세 군데에서 따로 점을 보았다.

올해 운이 좋지는 않지만 죽지는 않는다고 한다. 그래도 무언가 찜찜하다. 은근 겁도 난다. 10살, 9살 아이들 두고 벌써 죽을 수는 없다. 며칠이 지나갔다. 무속인에게서 전화가 왔다. 굿 안 할 거냐고 다짜고짜 묻는다. 안 하려고 한다고 대답했다. "손님! 술 많이 드시지요?" "네. 좋아합니다." "거봐요. 술 마시고 자다가 심장마비로 그냥 가요. 그렇다고 술을 안 마시면 교통사고가 나거나 어쨌든 해까닥 죽어요. 내가 공짜로도 해드릴 수 있어요. 공짜가 부담되면 봉투에 넣고 싶은 만큼만 넣어 오세요. 굿상에 직접 올리세요. 그래야 살아요. 이대로 그냥 보내기에는 손님이 너무 아까워서 그래요." 아내와 상의해 보았다. 내 맘대로 하라고 한다.

며칠을 생각하다 전화를 했다. 굿을 하겠다고. 굿을 앞두고 지리산 기도를 드리고 온단다. 돌아와 신력 좋은 다음날 새벽 5시에 하기로 정했다. 목욕재계하고 갔다. 50만 원 담은 봉투를 상에 올려놓았다. 신당에서 굿을 했다. 칼로 닭의 목을 치고 내 주위를 칼춤 추며 맴돌고 주문을 외웠다. 5개의 깃발 중 하나를 뽑으라고 했다. 뽑으니 아버지의 혼을 부르고 아버지의 말투로 말하고 펄쩍펄쩍 뛰며 춤을 추었다. 굿을 하고 나니 죽을 걱정은 사라졌다. 마음이 편안해진다. 한동안 굿의 힘으로 살아남았다고 철썩같이 믿었다. 조상님 부르심이 있든 없든, 혹은 신이 있거나 없거나 중독자는 제명에 살지 못한다. 간이 상하고 온몸의 장기가 고장 난다. 정신이 피폐해진다. 심하면 정신병자가 된다. 섬망 증세가 나타나거나 환각을 경험하기도 한다. 약이나 수술로 고칠 수도 없다. 단주하지 않으면 요절하고야 마는 병이다. 단주와 재 음주를 반복하면서 느낀 것이 있다. 중독자는 살아가면서 화내는 일부터 벗어나야 한다는 것이다. 분노나 불쾌감은 중독자에게 좋지 않다. 정상적인 사람에게는 몰라도 중독자에게는 독이 된다. 재 음주의 구실이 된다.

단주 회복하면서 봉사의 길을 걷는 분들이 있다. 경외감으로 바라보게 된다. 어떤 분은 술 병(病)으로 돌아가신 시신을 소독하고 삼베 수의 입히는 '염'을 한다. 전국을 돌아다니며 단주 10년 동안 수십 명에게 봉사하신 훌륭하신 분이다. 또 어떤 분은 단주하며 맑아진 피를 헌혈한다. 수십 번을 했다고 한다. 나도 예비군 훈련 빠지려고 헌혈한 적이 있다. 군대에서도 했다. 그 후로 헌혈 생각 못하고 살아왔다.

요즘, 단주하며 간혹 헌혈을 한다.

예순의 나이에도 문제가 없다. 앞으로도 단주하고 헌혈 봉사하며 살아가기로 한다. 이타적으로 사는 것은 뿌듯하다. 술로 남에게 끼친 악행에 조금은 면죄부 받은 느낌이다. 거짓말을 밥 먹듯 하고 기를 쓰고 양보하지 않던 잃어버린 양심도 조금씩 되찾는 기분이다. "내일이면 나는 줄 것이 없게 되고, 받을 사람 또한 사라질 것이다." 건강이 허락하는 한, 나 또한 헌혈하는 삶을 살겠다. 줄 수 있을 때, 받을 사람 사라지기 전에 주겠다.

제5장

술과 이별합니다

1. 개똥밭에 굴러도 이승이 좋다

살아 숨 쉬고 있어 천만다행이다. 알코올중독이라는 몹쓸 병에 걸려 제명 살지 못하고 죽는 사람 많다. 혈중알코올 농도 0.1%는 판단력과 기억력이 저하되고 0.2%는 운동조절능력이 상실된다. 0.3%는 인사불성이 되고 0.4%는 혼수상태에 빠지거나 사망할 수 있다고 한다. 이러한 급성 알코올로 인한 사망 사례 말고 오랜 중독으로 사망하는 일이 흔하다. 다만 오래 진행되어 사망에 이르거나 합병증도 사망의 원인으로 작용하기 때문에 알코올중독에 의한 정확한 사망률 통계를 확인하기 어렵다.

죽을 고비 두 번을 넘었다. 첫 번째는 2살 때 동전을 삼킨 일이다. 삼키지 못하고 목에 걸렸다. 10환짜리 동전은 지금의 5원 동전 크기다. 파랗게 질려 입을 다물지 못하고 목을 캑캑대며 줄기차게 울었다고 한다. 읍내 유일한 의사는 빨리 서울로 가라고 했다. 서울대병원에 와서도 꺼내지 못해 위장으로 넘기며 똥에 나오면 살고 안 나오면 죽을 거라고 했단다. 종로에 살던 큰 외갓집에서 똥으로 동전을 배설한 나는 지금도 잘살고 있다. 두 번째는 초등학교 4학년 때 일이다. 초등학생 때 여름방학 내내 큰집에서 지낸다. 충북 영동의 금강을 끼고 있는 마을이다. 대전에서 기차를 타고 '심천역'에 내린다. 철둑을 건너 무성한 풀숲을 지나면 나룻배가 있고 마을에서 품앗이를 하는 사공이 있다. 강을 건너야 아버지의 고향인 큰집 마을이 나타난다. 우리 이씨의 집성촌이고 우리 큰집이 종갓집이다. 큰아버지 손주인 조카 둘과 강에서 헤엄치고 놀았다. 남자는 나와 동갑이고 계집아이는 두 살이 어리다. 배를 타고 건너편으로 건너던 도중 둘이 다이빙을 했다. 헤엄에 능숙한 조카들은 강에 뛰어들어 도로 마을 쪽으로 돌아가는 거였다.

순간, 고민했다. 안전하게 배를 건너 손님이 탈 때까지 사공과 땡볕에서 기다리느냐? 강에 뛰어들어 돌아갈 것인가? 나는 조카들과 달리 개헤엄 밖에 할 줄 몰랐다. 강에 뛰어들었고 세찬 물살에 휩쓸렸다. 영화 '명량'의 울둘목처럼 물이 돌며 물길이 '기역' 자로 바뀌는 곳으로 떠내려갔다. 물놀이 온 사람들 익사 사고가 잦은 곳이다. 물에 잠기었다가 바닥을 발로 차며 고개를 물 밖으로 내밀며 "사람 살려!"라고 고함쳤다. 제법 멀리 떠 내려왔다. 물도 많이 먹었다. 동갑 조카가 강변 모래사장을 앞쪽까지 달려 물에 들어와 나를 건져냈다. 너무 놀라고 발목이 접질린 나는 부모님 계신 증평읍 집에 와서도 한동안 한약방에서 치료를 받았다. 지금도 물을 무서워하고 수영장도 가지 않는다. 해외여행 호핑 투어 때도 가급적 물속에 들어가지 않는다. 이렇게 죽을 고비를 두 번 넘겼다.

고 1, 아버지가 별세하자 처음으로 자살 충동을 느꼈다. 아버지를 따라 죽고 싶었다. 아버지 없이 살아서 무엇 하나? 절망에 울었다. 당시 끄적끄적 시를 쓰는 게 나름 위안이 되었다. 빈소, 하관 등 장례에 관한 내용과 삶의 의욕을 잃은 마음을 적어 내려간 어두운 내용의 시가 대부분이었다. 어른이 되어 술주정을 부린 다음날, 낯을 들기가 부끄러운 때에도 자살 충동이 일었다. 수치스럽고 참담했다. 나는 살 가치도 없어! 쪼다 같은 놈이라고 스스로를 자책했다.

막내로 귀여움을 독차지했던 어린 시절이 있었다. 또, 집이 파산하고 학비를 걱정하던 10년도 있다. 형, 누나보다 재수가 없다고 생각했다. 이 세상에 아버지의 사업 실패에 대한 복수를 하고 싶었다. 부자를 꿈꾸었고 사업의 성공만이 나를 증명하는 길이라고 생각했다. 직장 생활은 사업 종잣돈을 만들기 위한 시간이라고 여겼다. 결혼하고 가장이 되었다. 가족을 책임지고 나니 덜컥 겁이 난다. 아버지처럼 망해서 아이들에게 고난을 줄지도 모른다. 안정된 수입을 내려놓을 용기가 나지 않는다.

2002년 회사의 M&A로 사업을 하게 되지만, 모은 돈을 들이거나 빚내서 하고 싶지 않았다. 가족을 경제적 위험에 빠뜨리는 게 겁이 났다. 어릴 때 세상을 배워 갈 때도, 사업을 시작할 때도 크고 작은 두려움에 떨었다. 설사 실패한다고 해도 시간만 잃어야지, 얼마 안 되는 재산을 날릴 수는 없었다. 가족의 생계는 무엇보다 소중했다.

알코올중독은 결핍에서 출발한다. 요즘 경제적으로 넉넉해지니 선물하는 것을 좋아한다. 기분파라고 소문날 만큼 베푸는 것을 즐긴다. 햇감자가 나오면 수십 명에게 택배로 보내고 치킨이나 피자 기프트콘을 SNS로 나누어 준다. 그런데 이것도 결핍장애이다. 부족해서 베풀지 못할 때의 수치심이 마음속에서 작용한 결과이다. 어릴 때부터 남과 비교하며 못 가지고 모자란 것을 비탄했다. 어떻게든 살아 보려고 아등바등한다. 불확실한 미래에 대한 두려움이나 조바심에 늘 술은 친구가 되었다. 적어도 중독자가 되기 전까지 술은 위안이 되었고 도전할 수 있는 용기를 북돋아 주었다.

중독증세는 빨리 왔다. 아마 대학 때나 군대 때 이미 중독자가 되어 있었는지도 모른다. 중독자가 되고 나니 오히려 술이 불안과 초조를 만든다. 우울해지고 슬픔에 빠진다. 관용이 없어지고 남을 밟고 넘어가려고 한다. 남을 시기하고 증오한다. 약자에게 하찮은 사람이라고 경멸한다. 속물근성이 나와 우선적으로 내 이익만을 챙긴다. 술은 살아가는 내내 긴장하게 만든다. 내 것을 빼앗길까 봐 남을 의심하게 한다. 결국, 술은 정신을 파괴한다. 행복함이 무언지 까맣게 잊게 한다.

사람으로 태어나기는 어려운 일이다. 언젠가 죽는다 하더라도 목숨이 있다는 것은 고마운 일이다. 사람으로 나서 사람답게 살다가 죽는 것은 어렵다. 나이를 먹어 갈수록 '사람답다'는 말이 무섭게 느껴진다. 세상에 가르침을 주는 큰 어른이나 성인들을 보면 표현할 수 없는 경외심이 든다. 그분들처럼 살고 싶다. 일연스님은 사람의 목숨은 모든 재물 중에서 으뜸이라고 했다. "개똥밭에 굴러도 이승이 좋다."

2. 알코올 프리 선언
"죽을 때까지 술을 먹지 않는다."

중독자는 살고 싶으면 술을 끊어야 한다. 가족이나 세상 사람들과 더불어 살고자 한다면 무조건 술을 먹지 않아야 가능하다. 어제 술을 마셨으니 오늘은 마시지 않겠다고 계획할 수 있다. 그렇지만 내일 술을 마실지 모른다. 중독자는 단순하게 '지금 이 순간' 첫 잔을 피한다는 생각으로 시작해야만 단주가 가능하다. 중독자는 중독자일 뿐이다.

어떤 억울한 일이 있어서, 어떤 참을 수 없는 일이 있어서 마셨던 간에 마시는 순간 그저 중독자여서 마신 것이 된다. 무슨 그럴듯한 명분이 있어도 중독자의 말은 아무도 믿어주지도, 들어주지도 않는다. 술을 끊기 위해 이렇게까지 노력하고 있다고 이야기를 해도 아무런 소용이 없다. 누구의 인정도 바라지 않고 스스로 술을 마시지 않는 것이 중독에서 벗어나는 시작지점이다. 중독자는 결심이나 의지로 빠져나올 수 없다. 조절 음주로 1주일에 하루만 마신다고 시도하는 것도 소용없다. 이번 달만 마시고 안 마신다고 말해도 말짱 거짓말이 될 수밖에 없다.

나는 회복 중인 단주자의 조언을 받는다. 참기 어려운 분노의 감정이 올라오면 전화를 하거나 카톡을 한다. 그분은 어떤 것을 하라거나 어떤 행동을 하지 말라고 강요하지 않는다. 그도 똑같이 단주생활을 하는 중독자에 불과하다. 단주생활을 계속하고 있는 경험자의 지혜를 빌리는 것이다.

얼마 전, 서로 소통했다. 어버이날을 맞아 아이들이 내려온다. 픽 업을 누가 할 것인지 전화해도 아내가 받지 않는다. 연휴를 맞아 부 산, 창원에 사는 친구들이 놀러왔다 돌아가서 고단해서 자는 모양이 다. 고속도로를 운전하여 집으로 돌아가고 있다. 아들과 전화했다. 기차역으로 내가 마중을 나갈 테니 혹시 엄마한테서 전화 오면 아빠 가 픽업 오기로 했다고 말씀드리라고 했다. 그런데 아내에게 전화가 걸려왔다. 왜 아이들에게 전화해서 혼선을 야기하느냐고 꾸중을 한 다. 나는 아내에게도 혼나야 하고 아이들에게 전화도 못 하는 존재인 가? 마누라에 이어 애들까지 상전으로 모시라는 건가? 화가 치밀어 오르고 무시 받는다는 생각이 올라온다.

졸음쉼터에서 눈을 감고 감정을 가라앉힌다. 후원자인 그도 2주 전에 부부싸움을 하고 집을 나와 모텔에서 열흘간 지냈다고 했다. 몸 은 편했지만 마음은 편치 않더라. 그래도 모텔에서 술을 마시지 않았 다고 했다. 자식들이 모텔까지 찾아와 마지못해 집에 들어갔다고 한 다. 내가 그와 같은 상황이었다면 혼자 있는 열흘 동안 술을 참을 수 있었을까? 아마 못 했을 것이다. 3일간 명상코스에 다녀왔다. 영적 수도자에게 묻고 답하는 시간이다. 선문답을 통해 내면을 들여다보 는 시간을 보낸다. 왜, 술에 빠져 허우적대며 벗어나지 못하고 있는 지 진정한 답을 찾아 여전히 헤매고 있다.

몇 달을 이어온 이번 단주도 얼마를 견딜지 알 수 없다. 완전히 끊 는다는 장담도 하지 못한다. 솔직히 무너질까 두렵다. 하루에 오만가 지 생각을 한다고 하는데 나는 절반이 술에 대한 생각이다. 온통 단주 생각에 사로잡혀 있다. 오랫동안 단주중인 선배 중독자의 도움도 받고, 영적으로 그루의 반열에 오르신 분께도 의지한다. 그래도 결국은 스스로의 힘으로 벗어나야만 한다.

요즘 일과를 체계적으로 정리정돈 하는데 집중한다. 하루의 활동을 계획하고 순서대로 해나간다. 책 쓰기 수업을 1주일에 다섯 시간 수강한다. 매일 두세 시간 동안 글을 쓰기도 한다. 평일 오전은 회사 일을 살핀다. 얼마 전까지 작은 회사를 설립하느라 분주했다. 1년에 두 번은 경매나 소액 부동산 투자를 하려고 한다. 소일거리를 만들어 보려고 한다. 몸이 고단할 정도가 아닌 한 스트레스를 덜 받는 일을 골라 시간을 충분히 채우려고 한다. 중독자는 "너무 피곤하지 말고, 너무 배고프지도 말고, 너무 외롭지도 말라"는 말이 있다.

하루 일과를 점검해 보고 이 세 가지 위험한 상태에 놓여 있는지 살펴보아야 한다. 한 잔 해야 할 것 같은 분위기도 조심해야 한다. 축하 분위기나 특별히 기분 좋은 때를 조심해야 한다. 샴페인은 도수가 약하니까 괜찮겠지? 무알콜 맥주니까 문제없다고 생각할 수 있다. 무알콜 맥주가 술은 아니지만 심리적으로 음주한 것이기 때문에 재 음주로 이어질 가능성이 높다. 큰 문제가 되지 않을 것 같은 그 '운명의 한잔'이 예상치 못한 결과를 가져온다. 어느새 한 잔 더 해도 상관없을 것이라고 자신을 설득한다. 술을 마시는 데는 '만약에'라는 핑계가 붙는다. 만약 이랬더라면 안 마셨을 거라고 해명한다. '만약에'를 가질 여유가 없다. 단주하는 생활을 좋아하든 아니든 간에 단주생활을 해야 한다. 어떤 이유와도 연관을 맺지 않고 독립적으로 해내야 한다. 강해져야만 한다. 어떤 유혹에도 버틸 수 있어야 하고 어떤 상황도 대처해 나가야 한다. 쉽지 않은 그 길을 가야 한다. 그래야 목숨을 부지하고 사람답게 살 수 있다.

나는 죽음이 목전에 오는 것도 경험해 보았다. 숨이 쉬어지지 않아 떼굴떼굴 굴러도 보았고 순간 정신을 잃어 기절한 적도 있다. 더이상 무슨 말이 필요한가? 살고자 한다면 방법이 없다. 두 가지를 정하고 무조건 실천해야 한다. 첫째, "나는 죽을 때까지 술을 먹지 않는다." 둘째, "나는 죽을 때까지 다른 사람에게 술을 따라 주지 않는다."

사람은 마음의 장애를 발견하기 어렵다. 수시로 마음을 감추기 때문이다. 마음 없이 살 수 있게 되는 길이 불성에 이르는 길이다. 마음은 좋은 것이 아니다. 마음이 없는 상태 즉 無想이 좋은 것이다. 신은 마음이 없다. '마음 없음'은 좋은 말이다. 진리이다. 선문답으로 깨달음을 주는 구루이자 인도의 파파지로부터 '붓다'라 칭송받은 김 병채 선생의 말씀이다. 술이 먹고 싶을 때 '마음은 없다'라는 생각을 가져오라. 자신의 마음이 없다는 것을 스스로 알아차리라. 마음은 과거이다. 지금 마음도 내일이면 과거가 된다. 감정이 올라온다고 치자. 슬픔이든, 분노든. 하지만, 시간이 지나면 감정은 없어진다. 어떤 감정이든 미래에는 없다. 지금의 작은 슬픔 버려라! 작은 분노도 버려라! 술이 먹고 싶다는 감정도 버려라! 술을 끊으라고 선생께서 내게 해 주신 말씀이다.

"술잔 속에 나타나는 빛은 저승사자의 흉한 눈초리"라고 롱펠로우는 말했다.

3. 의식개발 코스에 80일간 투신하다

　누구나 지금보다 더 잘 살고 싶어 하고 성공을 원한다. 더 잘 살기 위해 자기계발 책을 읽기도 하고 성공한 사람의 이야기에 귀 기울인다. 자신의 죽음을 예견한 스티브 잡스는 말했다. "매일 최후처럼 살면 언젠가 당신은 가장 옳은 사람이 될 것이다. 세계 최고의 부자로 죽는다고 무슨 의미가 있겠는가? 오늘 멋진 일을 해냈다고 말하면서 잠자리에 드는 일, 그것이 나에게 가장 중요한 일이다."

　2021년 6월, 두 번의 병원 생활을 마치고 퇴원한 나는 단주가 결심만으로 되지 않는다는 것을 알게 된다. 동아줄을 잡아야 술을 끊어 내고 살 수 있을 거 같았다. 지푸라기라도 잡는다는 심정으로 6년을 떠나 있던 의식개발 코스에 문을 두드렸다. 이 코스는 강력한 의식개발 훈련이지만 비싸고 시간을 내기가 쉽지 않다. 과거에는 호텔에서 9일을 투숙하며 코스를 진행했다. 한국 코스 말고 외국 코스도 많아서 미국도 여러 번 다녀왔고 독일도 다녀왔다. 하지만 퇴원 후 다시 찾은 코스는 코로나로 인해 온라인으로 진행하고 있었다. 코스를 하면 마음이 정화된다. 금단증상인 불면증도 없어진다. 마음을 다스리는 데는 그만이다. 하지만 이 코스가 중독을 고치는 과정은 아니다. 한 달에 두 번 정도씩 있는 코스에 9번을 연속으로 투신했다. 6월부터 11월까지 모든 코스에 참여했다. 내면에 가지고 있는 신념을 찾으려고 했다. 내 의도와 정합하는 삶을 살려고 했다. 코스를 통해 자비심을 높이고 적으로 삼았던 사람들을 용서했다. 내가 저지른 나쁜 행동을 참회했다.

술에 대한 여러 신념을 찾고 알코올에 의존하는 뿌리가 되는 신념을 찾는다. 켜켜이 쌓여 있는 어린아이 '나'에게는 열등감과 수치심이 있다. 내 것을 뺏길까 조바심을 내고 탐나는 것을 가지려고 욕심을 부린다. 형, 누나와 비교하고 패했다는 굴종감도 있는 반면, 반항하고 공격하는 감정도 있다. 청소년의 '나'는 이런 어린아이의 감정에 다른 감정까지 덧씌워져 있다. 아버지를 여의고 외톨이가 된 외로움이 있다. 옛 공장 집 아들을 아비 없는 후레자식이라고 놀렸던 부끄러움도 있다. 홀로 세상과 맞서야 한다는 두려움도 자리 잡고 있다.

이런 '나'의 결점을 감추려는 도구로 손쉬운 술을 선택했다. 왜소하고 초라한 '나'를 용기 있고 진취적으로 둔갑시킬 수 있다. 얼마나 멋진 '매직'인가? 적어도 중독자가 되기 전까지 말이다. 대학생이 되고 군인이 되면서 중독증이 나타난다. 알코올병원에 입원할 때도 중독자가 아니라고 우겨댔지만 이미 20대 중반에 중독자가 되어 있었던 것이다.

의식개발 코스를 하면서 알게 되었고 흐느껴 울었다. 어린아이 나와 지금의 나의 '마음'은 거의 변한 게 없다. 외모와 세상만 변했다. '나 같은 놈은 술 먹고 죽어도 싸!' 이런 신념이 바닥에 있다. 가여운 나를 돌아보며 펑펑 울었다. 6월 입원부터 이어온 단주는 5개월을 넘어서고 있었다.

11월 하순에 9번째 코스에 참가했다. 딸과 회사 전문경영인으로 있는 동료도 연차휴가를 내고 9일 코스를 함께한다. 3년 전 돈을 빌려주지 않아 절교한 작은누나도 코스에 왔다. 절교 후 3년간 말도 나누지 않았고 연락도 안 했다. 어색하지만 각자 자기의식을 다루는 것이니 어쩔 도리가 없다. 100여 명이 코스에 모였다. 코스가 막바지에 접어들었다.

7일째이다. 오전에 파트너를 골라 둘씩 연습하는 과정이 있었다. 트레이너가 진도가 맞는 사람끼리 짝을 맺어 준다. 그 많은 사람 중에 하필 누나와 회사 동료, 한의사 한 명과 4명이 파트너를 짜야 한다. 먼저 손을 들고 한의사와 짝을 하겠다고 했다. 누나는 아주 불편하고 동료는 매일 보는 사이다. 재빨리 선택하는 게 상책이다 싶었다. 그런데 트레이너가 나를 지적하며 얌체 같은 행위라고 한다. 파트너를 먼저 고를 수 있는 권한이 어디 있느냐며 내면에 어떤 마음이 숨어 있냐? 30분간 혼을 낸다. 의식 경지가 높은 분이라 말대꾸할 명분도 찾을 수 없다. 같은 공간에 있는 게 불편한 누나와 회사 동료 앞에서 망신살이 뻗쳤다.

점심 식사 후 오후가 되었다. 100명 전체가 온라인에서 Q&A를 하고 있었다. 갑자기 트레이너가 나에게 질문을 한다. 진도가 어디냐고? 대답했더니 어떻게 연습했냐고 묻는다. "자기 삶에서 주제를 하나 고르고, 의식에서 주제를 하나씩 골랐어요. 제가 두 가지를 받았습니다. 이제 오후에는 파트너가(결국 그 한의사임) 받을 차례입니다."라고 말했다. 그러자 트레이너가 많은 사람이 보는 앞에서 나를 꾸짖기 시작했다. 한 가지 주제를 주고받고, 다시 다른 주제로 주고받아야 맞다. 왜 맘대로 너만 먼저 두 번을 받고, 두 번을 주려고 하느냐? 이기적인 행위라고 지적한다. 의식의 뿌리에 간교함이 있다고 수많은 사람 앞에서 꾸짖는다. 받는 게 우선인 것은 세상 살아갈 때 내 것부터 챙기는 탐욕이 드러난 것이라고 했다. 많은 사람 앞에서 30분 동안 말로 상처를 입었다. 창피했다. 딸도 있고 절교한 누나도 있다. 회사 동료도 있다.

100명 중 90명은 코스를 자주 해서 서로 아는 사람들이다. 순간 참지 못하고 Zoom화면을 끄고 밖으로 나갔다. 모멸감과 창피함이 밀려온다. 산책을 해도 비참한 느낌이 가라앉지 않는다. 나는 속물이 되었다. 그날부로 코스를 때려치우려고 마음먹었다. 그렇지만 딸 앞이라 그만두기가 창피하다. 다른 사람들에게도 패잔병으로 떠나가는 인상을 심어주고 싶지 않다. 이틀 남은 코스를 울며 겨자 먹기로 참가했다. '반구저기(反求諸己)'라는 말이 있다. 어떤 일이 잘못되었을 때 남 탓을 하지 않고 원인을 자신에게서 찾아 고쳐 나간다는 뜻이다.

코스에서는 모든 것이 내 책임이라는 것을 인정한다. 남 탓이 아니라는 것을 잘 안다. 하지만 마음먹은 대로 잘되지 않는다. 왜 나를 그렇게 대하는지? 내가 무슨 큰 과오를 저지른 건지 인정할 수 없었다. 찝찝하게 코스를 마쳤다. 일상으로 돌아왔지만 모멸감에 꽂혀있다. 아무 일도 손에 잡히지 않는다. 며칠을 못 버티고 다시 술을 마셨다. 두 번째 입원 때부터 이어온 단주가 176일 만에 막을 내리고 말았다. 숨은 의도라고 지적받은 욕심과 교활한 마음이 백 명 앞에서 까발려졌다. 꼭꼭 감추고 들키지 않으려고 했나 보다. 결국 손쉽게 내 편이 되어주는 술 앞에 굴복하고 말았다.

　의식개발 코스는 자신을 바로 알고 자기 의도대로 살기에 좋은 과정이다. 이 과정을 통해 회사 초기, 경영하는데 많은 도움을 받았다. 비싸지만, 여기서 배운 기법 한두 가지로 세상에서 얻은 것이 더 크다고 생각한다. 그게 지혜든 재물이든 간에. 술을 끊기 위한 과정이 아님에도 술을 끊으려는 목적을 가지고 코스에 임했다. 코스의 힘으로 176일의 단주가 이루어진 게 아니다.

　코스를 마치고 일상을 챙기다가 다시 코스에 참가하는 분주한 일정은 단주에 도움이 되었다. 신념의 뿌리에 있는 '나 같은 놈은 죽어도 싸!'라는 신념에서 '이 만큼 해낸 것도 대단하다' '나는 존중받을 만한 사람이다' '내가 나라서 행복하다'라는 긍정적인 태도의 변화를 얻은 것도 단주에 도움이 되었다. 하지만, 분노, 수치, 모멸의 감정이 올라올 때, 술의 충동을 해결하지는 못했다. 의식개발 코스가 유용한 과정이라 할지라도 중독치료의 도구가 될 수 없다.

　술의 충동은 무적의 힘이 있다. 충동이 일어나면 무조건 그 장소에서 벗어나야 하고, 술에 꽂혀있는 집착에서 벗어날 길을 찾아야 한다. 하느님이든 부처님이든 어떤 위대한 힘에 나를 맡기고 애걸복걸해야 한다. "저는 알코올중독자입니다. 부디 이 지옥에서 구원해 주소서!"

4. A.A를 만나다

지푸라기라도 잡고 매달려야 한다. 중독은 의지만으로 해결할 수 없다. 치료도 안 되는 불치병이다. 병원에 갇혀 있는 것은 치료가 아니다. 억지춘향이다. 술을 마시고 취해 남에게 피해를 준다. 폭력을 휘두르거나 주정을 부린다. 결국 가족이 참다못해 병원에 방치한 경우가 대부분이다. 간혹, 회복을 위해 입원한 환자도 있지만 많은 환자의 보호자는 회복에 대한 기대를 접고 있다.

알코올중독자 자조모임인 A.A를 알게 된 지는 5년쯤 되었지만 관심이 없었다. 당시, 알코올중독자라고 인정하지 않았기 때문이다. A.A모임은 1935년 미국에서 만들어졌고 전 세계에 퍼져있다. 12단계라는 실천과정으로 많은 사람이 중독으로부터 회복하고 있다. 익명으로 술에 대한 경험담을 나누고 성격적 결점을 고백한다. 중독에서 벗어나기 위해 서로 돕는다. 모임에서 보고 들은 이야기는 외부에 공개하지 않는 전통이 유지되고 있다.

2019년, 아내가 '알아넌'이라는 알코올중독자 배우자 모임에서 활동하기 시작했다. 나는 중독자가 아닌 멀쩡한 애주가인데 유난하다고 생각했다. 아내는 춘천에 좋은 A.A모임이 많으니 가보라고 했다. 들은 척도 안 하자 본인의 알아넌 모임은 고깝게 보지 말아 달라고 했다. 아내가 모임에 가든 말든 무관심하기로 했다. 2021년 병원에 입원한 후 A.A 책자인 '빅 북'을 접했고 12단계를 알게 되었다. 무신론자이지만 가톨릭 고해성사와 흡사한 A.A에 관심을 갖게 되었다.

책을 읽고 병원 상담사가 주관하는 온라인 A.A를 참관했다. 퇴원 후에도 여러 온라인 A.A에 참여했다. 단주생활을 돕는 좋은 모임이었지만 다가가기가 쉽지 않았다. 노숙인이나 사회적으로 자포자기한 중독자들의 모임으로 치부하고 있었다. 그래서 6개월간 의식개발 코스에 몰입하며 나만의 단주 방법을 찾아 헤매었다. 176일 만에 재 음주한 후, 몇 주를 음주하다가 다시 몇 주를 단주한다. 어떨 때는 3일을 마시고 두 달을 참았다가 또 열흘을 마신다. 간헐적 단주는 하지만 끊어낼 수는 없다. 책에서 자기중심의 중독적 성격을 배웠고 이해했다. 그래서 재 음주의 순간 더 크게 낙담하고 후회한다. 이건 아닌데 내가 왜 이러나? 이 정도로 바닥에 떨어졌나? 탄식했다.

올해 2월 초, 아내의 손에 이끌려 A.A 모임에 참가했다. 도살장에 끌려가는 심정이다. 코로나에도 오프라인모임 계속해온 춘천 모임이다. 안성도명상실에서 10여 명이 모여 모임을 열었다. 나중에 알았지만 고 안성도 신부는 1976년 A.A를 한국에 최초로 도입하신 선구자이다. 대면으로 처음 접한 A.A는 내 가슴을 열었다. 눈물이 났다. 다른 사람의 경험이 나와 똑같은 경우가 많았다. 상황은 다르지만 술을 마시는 이유와 개개인의 성격은 같았다. 진실로 마음이 열리고 있었다.

나는 알코올중독자로 태어났고 첫 잔을 마시면서부터 알코올중독자가 된 것이라고 생각했다. A.A는 정직하고 겸손한 모임이었다. 멤버들은 알코올중독자인 내 손을 잡아주었다. A.A 멤버들 '정직'의 수

준은 일반인의 수준을 넘어선다. 도망치거나 남의 탓을 하지 않고 모든 상황을 받아들인다. 그들은 단주를 하면서 서로를 돕고 A.A 안에서 행복하다. 자비심이 있으며 이타적이다. 그리고 일상으로 돌아가 본정신으로 살고 있다. 혹여, 다시 술을 마시더라도 모임에 돌아와 정직하게 고백하고 다시 단주의 길을 간다. 경제적으로 불안정한 사람들이 많지만 그들은 무척 겸손하고 솔직한 사람들이다. 익명의 모임이라 그들의 고백을 전할 수는 없다. 개인마음을 표현할 수는 없지만 상황 사례만 몇 가지 예를 들어 본다.

어떤 이는 술을 살 수 없다. 배우자가 돈도 주지 않고 동네 편의점에 술을 팔지 말라고 신신당부한다. 동네 소문난 술꾼이다. 서랍을 뒤져 목걸이를 꺼낸다. 편의점 주인이 다른 손님 계산하느라 어수선한 사이 소주를 집어 들고 목걸이를 계산대에 놓고 도망 온다. 이분은 어느 날 집 청소를 하는데 빈 소주병이 60개가 나왔다고 한다. 병원에 들락날락하였지만 지금은 A.A의 열성 멤버로 몇 년을 단주하며 회복하고 있다.

아버지가 같이 죽자며 술꾼 딸을 데리고 한강 다리로 간다. 먼저 떨어진 아버지는 돌아가셨고 자식은 살아남았다. 무서워서 뛰어내리지 못했다. 지금은 결혼을 하고 딸을 낳았다. 그녀는 매일 매일을 아버지께 참회하며 단주하고 있다. 어떤 이는 폐지를 줍는 사람이다. 마지막 재산목록인 카트를 팔아 소주를 샀다. 그는 노숙자로 오랜 시간 보내다가 암 투병하는 노모께 돌아왔다. 그러고도 카트를 팔았다. 모임에서 용감하게 고백하고 몇 달째 단주 중이다.

A.A를 통해 단주를 이어가자 집 나간 아내가 15년 만에 돌아온 경

우도 있다. 자녀의 원망하는 마음을 되돌리느라 7년을 단주한 사람도 있다. 이들은 정직하고 용감하다. 다시 세상과 맞서는 용기는 위대하다. 가족을 사랑하고 지키려고 한다. 누구보다도 선한 사람들이다.

내가 겪은 고통과 시련도 가볍지는 않다. 어느 중독자건 간에 자기만의 과거가 있다. 중독자는 누구나 힘들다. 그래도 음주를 멈추려고 마음먹고 실천하는 사람들이 모임에 있다. 많은 사람이 A.A를 통해 단주를 실천한다. 이 모임에서 영성을 회복하고 몸과 마음을 회복한다. 무너진 가족관계를 다시 세우는 사람들도 많다. 그분들을 진심으로 존경한다. 비록 경제적으로 어렵거나 자립하려고 노력하는 사람들이 많지만 중독에서 벗어나고자 하는 마음은 높이 사야 한다. 그리고 A.A속에서 초보 멤버인 나를 이끌어주고 도와주는 멤버에게도 감사드린다

사회적 거리두기가 완화된 이후 원주 A.A모임이 오프라인으로 다시 열렸다. 몇 달째 나가서 서로의 경험을 나누고 서로 단주 의지를 북돋운다. A.A는 모든 알코올중독자에게 활짝 문이 열려있다. 사회적인 지위나 학벌, 재산의 크기는 관심이 없다. 회비도 없다. 오직 서로의 단주만을 목적으로 한다. 알코올중독자라면 누구나 들어설 수 있다. 서로가 서로의 회복을 돕는 중독자들이다.

12단계라는 A.A 프로그램 1단계 선언문을 적어 본다.
"우리는 알코올에 무력했으며, 우리의 삶을 수습할 수 없게 되었다는 것을 시인했다."

5. 끝까지 부둥켜 안아준 가족

딸이 태어나 처음 만난 순간 발가락 숫자를 셌다. 며칠 후, 'ET'처럼 쭈글쭈글했던 얼굴이 펴지며 아이가 너무 예쁘다고 생각했다. 해맑은 미소를 보면 행복했다. 이렇게 소중한 아이를 낳아준 아내가 한없이 고마웠다. 덩실덩실 춤을 추었다. 비록 상상 속이었지만.

알코올중독자인 나는 스트레스를 받으면 그 대상이나 상황을 탓했다. 누구 때문이다, 코로나 때문이다! 내가 왜 국세청 감사를 받고 경찰 조사를 받아야 하나? 도둑놈은 발 펴고 자는데 나는 오므리고 자야 한다는 말인가? 바깥에서 사기당하고 돈 버느라 뼈 빠지게 고생하는데 가족은 고마움을 모른다고 푸념했다. 가족이 카드를 많이 쓰면 철이 없다고 잔소리를 해댄다. 술 때문에 기가 죽어있을 때만 불만을 표현하지 못하고 마음속에 차곡차곡 쌓아 둔다. 단주에 실패하고 재음주한 경우에도 마찬가지다. 남을 탓하고 상황을 핑계로 삼는다. 그래서 마음에서 올라오는 짜증, 두려움, 스트레스를 알아차리는 게 중요하다. 다시 중독자가 되길 바라지 않는다면 집나간 정신을 잘 갈무리해서 '본정신'으로 돌아와야 한다.

단주 중일 때도 힘겹거나 괴로워지면 이에 대한 불평과 짜증은 가족을 향한다. 이렇게 힘들게 단주하고 있는데 나의 단주에 감사해 하지 않는다고 분노를 쌓아 놓는다. 사실, 나 살자고 하는 단주인데 가족을 위한 것이라고 착각한다. 나는 사업으로 어느 정도 성공을 거두었다. 그런데도 두려움과 불안에 괴로워한다. 새로운 환경에 겁을 낸다. 사업 자금의 흐름을 놓쳐 부도가 날까 늘 걱정이다. '두려움'이라고 새겨진 동전의 이면에는 '교만'이 자리하고 있다. 작은 부문에서 단편적인 성공을 했다고 그 업적을 늘 자랑한다. 교만하기 이를 데 없다. 거드름과 자랑, 너스레는 술상의 안주가 된다.

나는 자존감을 높여야 한다. 자존감은 자기를 존중하는 것이다. 자존감이 높으면 당당하다. 술에 취해 비틀거리고 횡설수설하는 것을 수치스럽게 생각한다. 스스로 행동거지가 올바르게 된다. 자기과시도 줄여야 한다. 부족한 사람이 오히려 과시하고 내세운다. 벼는 익을수록 고개를 숙이는 법이다. 예순 살 되고 나니 조금 철이 들었다. 이젠 명예와 평판에 집착하지 않는다. 떠벌이며 자랑하는 것도 많이 줄었다. 자신을 사랑하고 몸도 아낀다. 눈에 띄지 않던 다른 사람들도 눈에 보인다. 그들에게 베풀 너그러운 마음이 생겨난다. 기부도 조금씩 늘려나간다. 봉사의 정신으로 가진 것을 나누고 '선한 영향력'을 베풀어 가려고 노력한다.

입원해 있을 때 가족도 교육을 받는다. 평일과 토요일에 2번을 한다. 알코올중독은 가족 병이고 공동의존 증세를 보이기 때문에 가족도 강의를 듣는다. 퇴원 후 회복 과정에서 가족과 중독자가 서로 존중하며 잘 지내는 방법을 익힌다. 마른 주정에 대한 대처방법도 배운다. 병동에 갇혀 있지만 가족이 교육에 다녀간 소식을 상담사에게 듣는다.

화가 난다. 평일에는 아들과 딸이 월차나 반차를 내고 다녀간다. 서울에서 대중교통을 이용한다. 아내는 토요일에 원주에서 승용차로 다녀간다. "나는 다른 환자보다 멀쩡해!" 환자 중에서 증상이 경미하다. 검정 띠가 아닌 흰 띠나 노란 띠인데 비용과 시간을 들여 교육에 오는 것이 불만이다. 그런데 그것은 '사랑'이었다. 병원에 처박아놓고 집으로 돌아올까 두려워 '경기'를 일으키는 가족도 있다. 가족에게서 믿음을 잃은 환자도 많다. 나가면 이렇게 할 테니 꺼내 달라고 떼를 써도 믿어주지 않는다. 그런 거에 비하면 나는 '양반이다' 아직도 나는 사랑받고 있다.

퇴원 후 한 달이든, 176일이든 단주는 실패했고 재 음주를 거듭했다. 18개월 동안 다섯 번을 재 음주했다. 다시 마셨다하면 며칠, 길게는 한 달 가까이 마셨다. 그래도 가족은 나를 감싸 주었다. 의식개발 코스에 80일간 투신하도록 응원했다. A.A에 참가하도록 인도했다. 흥미로운 일에 대체중독 되려고 애쓰는 나를 지지했다. 온라인으로 책 쓰기와 스피치 교육을 받는다. 1인 기업을 설립한다. 수원에 있는 경매학원 9주 과정을 다니도록 따뜻하게 지지해 주었다. 정말 복받은 1년이었다. 난생처음 가족 모두가 온전히 나만을 바라보아 주었다. 10년 받을 사랑을 1년에 받았다.

가족은 언제나 내편이었다. 피는 물보다 진한 법이다. 이제는 내차례다. 죽을 때까지 단주를 이어가는 것을 목표로 삼는다. 책 쓰기, 1인 기업 성공하기, 투자에 성공하고 재산을 증여하기, 기부하기, 스태프가 재테크에 성공하도록 돕기, 가능한 넓게 선한 영향력을 베풀기. 가족에게도 따뜻한 사랑을 주어야 한다.

술로 끼친 상처를 아물게 하려면 시간과 노력이 필요하다. 착한 아내에게 가장 큰 상처를 입혔다. 설거지로 보답할 수준이 아니다. 남은 인생 두고두고 사랑과 은혜를 분할상환해야 한다. 아이들에게는 고민을 들어주는 인생 선배 역할을 하겠다. 꼰대 아니고 멘토도 아닌 동네 형같이 가볍게 들어주는 그런 아버지! 늘 지지해 주는 아버지! 그런 친구 같은 아버지! 내가 어릴 때 결핍되어 나타난 모난 성격을 대물림할 수는 없다.

좋은 어른으로 성장하도록 돕겠다. 신이 인간에게 입은 하나, 귀는 두 개를 주었다. 가족에게 내가 말하는 양의 2배를 들어주어야겠다. 인생에서 가장 가치 있는 보물인 가족에게 진정한 사랑으로 보듬어주고 헌신하며 살겠다. 나는 이제 '꼰대'가 아니다. 오프라윈프리가 말했다. 세상에서 부모가 되는 일보다 중요한 직업은 없다고.

칼릴 지브란의 '예언자'에 이런 글이 있다.

"당신의 아이는 당신의 아이가 아니다. 그들은 당신을 통해 태어났지만 당신으로부터 온 것은 아니다. 당신과 함께 있지만 당신의 소유물이 아니다. 당신이 그들에게 사랑을 줄지라도 당신의 생각을 줄 수는 없다. 왜냐하면 그들의 정신은 당신이 갈 수 없는 미래의 집에 살며, 당신의 꿈속에는 살지 않기 때문이다."

6. 첫 1년, 단주의 복병! 마른 주정

술을 끊기 위해 노력하다 보면 금단증상이 나타난다. 어떤 중독자는 섬망 증상으로 나타난다. 섬망으로 금단이 나타나는 사람들은 귀신 붙은 사람과 똑같다고 한다. 꽃밭에서 놀다 왔다는 사람도 있고 새들과 놀다 왔다고도 한다. 지옥을 경험하고 왔다는 사람도 있다. 믿기지 않을 수도 있지만 사실이다. 헛것을 본 것이다. 귀신이 따라오라고 손짓해 따라가다 2층에서 떨어져 다리가 부러진 환자도 있다.

섬망은 환각을 경험하기도 하고 인지장애를 일으키기도 한다. 횡설수설하거나 기억을 못하고 읽기와 쓰기에 어려움을 겪는다. 소리를 지르거나 신음하기도 한다. 밤낮을 구별하지 못하기도 한다. 이러한 심각한 금단증상 이외에 대부분의 중독자는 단주할 때 마른 주정을 경험한다. 술을 마시지 않았음에도 술 취한 사람처럼 주사가 나타나는데 이를 마른 주정이라 한다. 마른 주정의 특징은 첫째, 술을 마시지 않은 상태에서도 마치 술을 마시고 주정을 하는듯한 행동을 보인다. 둘째, 작은 일에도 화를 내고 불평한다. 셋째, 금주 이후 몇 개월이 흐른 뒤에 서서히 나타난다는 것이다.

4월 초, 토요일 이야기이다. 그날도 6시에 일어났다. 7시부터 온라인으로 책 쓰기 수업이 있다. 간단하게 식사를 해결하고 강의를 들어야지! 넌지시 반대쪽 방을 보니 아내가 벌써 깨어 침대에 누워 책을 읽고 있다. 혼자 간단히 빵으로 때우기로 마음먹었다. 냉동고를 열어보니 타원형의 딱딱한 프랑스산 바게트 빵이 보인다. 빵을 갈라서 프랑크소시지를 넣고 머스터드소스를 발라서 먹으면 맛이 좋다. 아내에게 다가간다. 언뜻 보니 '회복의 길'이라는 알코올중독 관련 책을 읽고 있다.

아내는 매주 알코올중독자 배우자 모임인 '알아넌'과 중독자 회복 12단계 프로그램에 참석한다. "바게트 빵이 무척 딱딱한데 렌지에 데워도 해동이 되나요?" 묻는다. "그건 내가 일어나서 해야 하잖아요. 번거롭게 하지 말고 당신이 할 수 있는 모닝 빵으로 먹어요." 귀찮아서 짜증이 섞인 말투다. 빈정 상했지만 돌아와 냉동고를 다시 연다. 빵을 먹을 마음은 사라져버렸다. 피자 한 조각이 눈에 띤다. 그걸로 아침을 해결했다. 아내가 일어나더니 농사일하는 작업복으로 갈아입는다. "당신, 요즘 정직하지 않은 것 같아요." "뭐? 저번 달부터 25일간 한잔도 안 마셨는데, 뭔 소리야?" 화가 난다. 무슨 근거로 그런 말을 하는 건지 모르지만 마시지 않았다. 술 근처에 가지도 않았다.

밭으로 나가며 "아니면 됐어요. 미안해요." 진정한 사과라는 느낌이 없다. '못 먹는 감 찔러보기'인가? 좌절이 온다. 분노가 치민다. 작년, 알코올 정신병원에 두 번 입원했고 71일, 176일 두 번을 단주했다가 재 음주했다. 금년에도 두 번째로 단주를 이어가는 중이다. 얼마 전부터 매주 춘천에서 하는 A.A라는 중독자 모임에 참여한다. 단단히 마음먹고 다니는 중인데 몰래 마신 게 아니냐는 의심을 하고 있었다.

1주일이 지났다. 오늘도 7시 책 쓰기 교육이다. 교육을 마치고 토란을 심었다. 민들레 캐서 꽃대를 떼 내어 다듬고 깨끗이 씻었다. 오후 1시 춘천 A.A에 갈까? 말까? 고민이다. 주 2회 이상 A.A에 참석하는데 이번 주는 온라인으로 2번을 참가했다. 물론 오프라인으로 하는 것은 다르다. 서로 마주 보니 온전히 받아들이고 고백하게 된다. 아내가 밭에서 돌아오더니 "A.A 안가요?" "안 가려고, 내일 '제이드 가든'에서 모이잖아! 내일 끝나고 버팀목 A.A모임 가려고!"

　다음날, 춘천 알코올중독센터 주관으로 A.A모임과 알아넌 모임 회원들이 수목원 산책을 하고 점심식사를 한다. "그건 다르지요? 야유회인데" 이쯤에서 마른 주정이 나온다. "야! 너는 처음 A.A 갈 때도 도살장에 끌고 가듯 데려가더니, 네가 하라면 꼼짝 말고 매주 꼬박꼬박 가야 하는 거야?" 연이어 계속 말한다. "이게 보자보자하니까 자기 아들 다루듯 하네. 진짜! 어처구니가 없네!" "하는 김에 한 마디 더 할까? 어제 강아지 산책갈 때, 운전할 수 있냐고 물어봤지? 나! 술 안 먹어! 한 달도 넘었어. 32일째야." 마른 주정이다. 아내는 아무 말 없이 골이 잔뜩 난 표정으로 백 팩을 메고 집을 나갔다.

　밤 10시에 들어오더니 다음날 아침, 밥도 안 먹고 백 팩 메고 또다시 나간다. 여전히 한마디도 안 한다. 원점으로 되돌리기에는 시간이 걸린다. 미안하고 단주를 잘 이어나가겠다고 카톡을 보내본다. 여전히 반응이 없다. 심난하다. 집에서 책을 읽고, 스피치 강의 숙제를 해도 마음이 편치 않다. 아내의 기분을 되돌려놓고 싶다. 그렇게 아내는 혼자서만 A.A와 알아넌 야유회를 다녀왔다.

아내에게 인정받지 못한다는 생각이 늘 발목을 잡는다. 사랑도 믿음도 갈구한다. 여러 번 다시 술을 마셨고, 술 마시고도 안 마신 척 거짓말을 밥 먹듯이 했으니 여전히 안 믿어 주는구나! 하고 생각해야 하는데 속 좁게도 화가 난다. 신뢰받지 못한다는 감정에 울화통이 터진다. 음주 충동이 솟구친다. 충동이 파도타기를 한다. 믿어주지도 않는데 내가 도대체 뭐하는 건가? 그래도 꾸역꾸역 참아낸다. 마른 주정이다. 술 마시던 때의 기분으로 돌아간다. 그래서 마른 주정을 '후기금단증상'이라고 한다. 이 고비를 넘어야 한다. 그래서 A.A 책을 보면 '남을 검토하지 말고 자기검토를 하라'고 한다.

문제는 내가 안고 있다. 마트에서 술 진열대를 지날 때나 동료가 술을 마시는데 합석한 경우 갈망감이 올라온다. 그것을 피하고자 요즘에는 술자리는 아예 가지 않는다. 누구를 위하여 단주하는 건가? 나를 위한 것이 아닌가 보다. 아내의 인정을 갈구하고 있다. 아내에게 버림받지 않으려고 단주하는 건가? 내 걱정의 뿌리에는 아내가 내리는 심판을 두려워하는 마음이 도사리고 있다.

돌발적인 충동을 멈추려면 자기 자신의 내면에 있는 등불을 쫓아가야 한다. 그 빛을 따라가면 아기 때의 순수한 나를 찾게 된다. 그 아이는 말한다. 두려워 말고 부딪치라고, 술 따위는 아무것도 아니라고. 온라인 A.A에서 명상을 하면 실제로 어릴 때 나의 기억으로 잠겨 들어가곤 한다. 단주하는 날짜를 세지 않으려고 하지만 잘되지 않는다. 자꾸 달력을 펴고 손가락을 접으며 날수를 센다. 중독자는 조절 음주자로 돌아갈 수 없다. 한잔을 손에 대는 순간 공든 탑이 무너진다. 중독의 수렁에 다시 빠진다. 하루 견디고 또 하루를 버티고 평생을 하루씩 더해 가는 거다. 마른 주정, 부려도 된다. 술을 끊어낼 수 있다면.

'하루하루 인내가 쌓이면 회복이다.'
'일상이 쌓이면 인생이고, 단주하는 일상이 쌓이면 되찾은 인생이다.'
'회복하는 하루하루가 남은 인생이다.'

7. 단주 생활 백서

중독이 아니라고 극구 부인하던 먼 과거에도 알코올 문제가 심각한 것을 알았다. 술을 끊으려고 시도한 적이 한두 번이 아니다. 무척 부끄러운 주사를 부린 다음에는 어김없이 단주를 결심했다. 오래가지 못하고 다시 술에 빠졌지만 인간으로서 양심과 수치심 있었다. 이렇게 살다 폐인이 될지도 모른다는 두려움도 있었다.

몇 년 전 일이다. 출근했고 사무실에 있었다. 9시가 다가와 직원들이 출근하느라 부산했다. 갑자기 내 방문을 발로 걷어차며, 한 남자가 들어왔다. 손에는 삽이 들려 있었다. 너무 황당해서 자리에서 일어났고 흉기를 든 모습에 공포를 느꼈다. 그는 두 달 전 우리 회사를 퇴직한 사람이다. 10여 명이 퇴직해 다른 회사로 이직했고 그도 그무리 중 한 명이다. "뭐야? 뭐하는 겁니까?" 반말과 존댓말이 앞뒤로 나왔다. "내가 너! 오늘 묻으러 왔다. 직원들 앞에서 개망신당하고 싶지 않으면 1층으로 따라 나와!" 너무 놀라 허둥지둥 옆방 업무팀 사무실로 갔다. 그도 따라왔다. 안쪽에 대표실이 있다. 업무직원에게 "빨리 112로 신고해!"라고 말했다.

소란스런 분위기에 전문경영인 대표가 나왔다. "이유는 모르겠지만 이 양반이 날 묻으러 왔다네! 자초지종은 들어봐야 하니까 1층으로 같이 내려갑시다!" 다른 수십 명의 직원은 깜짝 놀라 서성댄다. 아무도 말리지 않는다. 세 명이 내려갔다. 그는 만취 상태였다. 길거리 파라솔에서 흥분을 조금 가라앉히고 이야기를 했다. '불쌍한 인간'이 라는 생각이 들었다. 상대하고 싶지 않았다. 술 깨고 나서 다시 오라고 구슬리어 택시 잡아 돌려보냈다. 사무실로 올라왔다. 이제야 경찰이 왔다. 이미 수습되었다고 돌려보냈다.

황당했다. 직원들에게 망신살 뻗쳤다. 순식간에 지나간 사건이지만 시간이 지날수록 참을 수가 없다. 우습지도 않은 놈이 나한테 감히! 살다 살다 이런 꼴은 처음이다. 이놈을 가만둘 수 없어! 아침부터 대표에게 하소연하며 술을 마셨다. 편의점에서 열흘쯤 참아왔던 술을 마구 들이켰다. 대표는 진정하라고 설득했지만 분노에 치를 떨었다. 아차! CCTV가 있지? 3대를 설치해 놓았다. 복도에 2대, 업무팀에 1대가 있다. 복도에도 사무실도 찍혀 있다. 삽을 들고 들어오던 모습을 캡처하여 그에게 문자를 보냈다.

다음날 통화를 했다. "너! 이제, 엿 됐어! CCTV에 다 찍혔어. 내가 너 가만둘 거 같아? 살인미수로 빵에 처넣을 거야. 이 새끼야!" 속이 후련해진다. 그는 겁을 먹었다. 맨정신으로 돌아온 모양이다. 자초지종은 이렇다. 그 직원은 우리 회사에 7~8년을 다녔다. 나보다 한 살이 적다. 패거리를 지어 퇴사할 때 결별이 아름답지 못했다. 배은 망덕하다는 앙금이 남아 있었다. 회사에서는 지점별로 애플리케이션 'BAND'를 만들어 공유하고 있다. 공지사항도 올리고 서로 소통한다. 그 직원은 퇴사했으니 밴드에서 강제탈퇴 되었다. 그런데 그의 어머니가 돌아가셨다. 회사에 다니는 다른 직원에게 부고 소식을 올려 달라고 했고 공지되었다.

나는 게시한 직원에게 이제는 우리 직원이 아니니 공지를 삭제하고 개인별 카톡으로 알리라고 했다. 그 사람은 나의 '공지사항 삭제' 조치에 분개했고 삽을 들고 오는 사건이 일어난 것이다. 그를 고발하지는 않았다. 그냥 거기서 끝내고 말았다. 흉기 앞에서 공포를 느꼈지만 증거 사진으로 되갚으며 온갖 포악질을 했다. 나라면 이럴 때 남에게 공격하지 않을까? 나도 해코지했던 적은 없었을까? 그 사람과 나, 크게 다르지 않다. 비록 가족과 돈, 가진 것은 내가 풍족할 수 있어도 감정의 결핍은 똑같다. 어머니 잃은 슬픔에 눈이 뒤집혔는지도 모른다. 그도 나처럼 나약하다.

다시, 단주하던 때로 돌아가 본다. 입원 후 처음 며칠 견디기 어려웠다. 비참했고 억울했다. 며칠 후 병원 생활을 받아들이자 마음이 편안해졌다. 깨어나 맨정신을 되찾았고 살아온 날들을 돌이켜 보았다. 알코올 관련 책을 읽었다. 검사를 통해 알코올중독자로 진단되었지만 스스로 중독자로 받아들이는 데 시간이 걸렸다. 중독이 무서운 질병이라는 것도 알게 되었다. 중독에서 벗어나지 못하면 곧 죽을 것이라는 것도 알게 되었다.

병실 환자와 술 마시던 때의 경험도 이야기한다. 알코올 환자들은 법 없이도 살만큼 착한 사람이 대부분이다. 어쩌다 못된 질병에 걸려 이 꼴이 되었는지 안타까울 뿐이다. 나도 별반 다르지 않다. 입원이 처음이고 아직 직업도 있지만 술을 대하는 자세는 똑같다. 그들처럼 자기중심적이며 늘 정당화하고 거짓말을 밥 먹듯 한다. 관계가 허물어진 것도 똑같다. 의사와 상담사가 강의를 한다. 구구절절 맞지만 환자들은 강의내용에 관심이 없다. 언제 지긋지긋한 병원에서 나갈 수 있을까? 궁리하고 학수고대하고 있을 뿐이다. 교육을 받고 독서도 하며 명상도 한다.

다른 환자보다 모범생 같지만, 나도 병원 탈출이 목표다. 매 순간 결심한다. 이깟 술 안 먹으면 되지! 술에 지배당하지 않겠다. 퇴원시켜 달라고 가족에게 매달린다. 애걸복걸하는 내 신세가 참 처량하다. 퇴원 후 아내가 화두처럼 던진 한마디에 골몰히 생각에 빠졌다. "당신이 죽기를 바라는 사람이 당신 주변에 얼마나 많을까요? 곰곰이 생각해 보세요. 당신이 죽으면 통쾌하거나 이익 볼 사람들을?" 살면서 쌓아 놓는 명예와 소유물을 지켜야 한다. 그러려면 번듯하게 살아있어야 한다.

단주를 이어간다. 두 번째 퇴원 때는 176일이라는 제법 긴 기간을 단주했다. 단주를 이어가는 동안에도 불안하다. 실패하면 어쩌나? 한 잔의 실수로도 옛 시절로 돌아가는데. 두렵고 초조하다. 주변 사람들에게 단주 선언해 놓고 다시 마시면 얼마나 '쪽팔릴까?' 마치 다시 마신 것처럼 생생하게 그 모습이 그려진다. 나는 재수가 더럽게 없다고 했지만 잘살고 있다. 불쌍하다고 속마음에 하소연하지만, 마음 한편에는 남을 불쌍한 사람이라고 비웃는다. 이만하면 괜찮다. 내가 존중받고 싶으면 남부터 존경하면 된다. 간헐적으로 3일, 1주일을 마시고 3주든 2달이든 단주를 한다. 이번 단주는 다섯 달을 넘어서고 있다.

죽을 때까지 단주를 원하지만 장담하기 힘들다. 얼마 전, 처음으로 시 보건소 알코올중독센터 프로그램에 다녀왔다. 10여 명이 술 마실 때 경험과 단주 생활의 어려움을 토론한다. 공무원과 함께 용기를 북돋우는 모임이다. A.A와는 다른 분위기이다. 추레한 행색으로 온 사람도 3년을 단주했다. 대학 나온 그는 고물상 리어카를 끌기도 했다고 한다. 술을 극복하겠다는 일념으로 모여 이야기를 나누고 단주를 이어가는 그들의 용기를 높이 산다. 나는 아직 그 들 반도 따라가지 못한다. 갈 길이 멀다. 신발 끈을 동여맨다.

"나는 신발이 없음을 한탄했는데, 거리에서 발이 없는 사람을 만났다." 데일 카네기의 말이다.

8. 온전한 회복의 길

담배를 끊어냈듯이 술에서도 벗어나야 한다. 남들 평생 먹을 술을 몇 년에 마셨다. 45년을 마셨으니 수십 명 분을 마셨다. 남은 인생에서 술을 깡그리 도려내는 것은 쉽지 않은 일이다. 일이나 취미에 대체중독 되어야 한다. 탄산수나 커피에 중독되는 것도 좋다. 관계를 회복해서 가족, 일가친척 그리고 친구들과 술 없이 어울려야 한다. 술 마시던 친구는 조금 멀리하고 안 마시는 친구를 만나야 한다. 양심에 어긋나는 행동도 멈추어야 한다. 그런 행동을 하면 수치심에 술을 찾게 된다. 특히 바람을 피거나 남을 속이지 않아야 한다.

술에도 칼로리가 있어서 마시면 힘이 난다. 별다른 영양분이 없어도 어느 정도 기간은 술의 힘으로 몸을 움직일 수 있다. 단주를 시작해 보면 술로 인해 몸이 얼마나 망가졌는지 직면하게 된다. 제일 먼저 몸을 회복시켜야 한다. 잘 먹고, 잘 자야 한다. 불면증 증세가 나타나면 수면제를 처방받아야 한다. 나는 단주 초기 쪽잠으로 잠을 설쳤다. 다행히 2주만 지나면 제법 잘 잔다. 나는 약 처방이 필요 없다. 음식도 중요하다. 단주 초기 요리를 보면 안주처럼 보인다. 배가 꽉 찰 때까지 먹는다. 많이 먹는 것보다는 음식 맛과 풍미를 충분히 즐겨야 한다. 젓가락으로 우아하게 집어서 오래 씹어 먹어야 한다.

내 아내는 솜씨 좋은 요리사이다. 장모님 손맛을 이어받았다. 처복이 있다. 사람들은 운동을 권하지만 나는 강아지와 가벼운 산책만 한다. 알코올로 인한 통풍으로 오래 시달려서 오래 걷기가 힘들다. 관계의 회복도 중요하다. 잃어버린 신뢰를 되찾는데 두 배의 시간과 노력이 필요하다. 가족, 친구나 동료 등 살면서 맺어놓은 관계망을 원위치해야 한다. 다른 사람을 바꾸려고 애쓰는 것보다 내가 먼저 변하려는 마음으로 다가가야 한다. 친구들과 관계를 회복하는 것은 노후를 앞둔 내 나이 사람들에게는 반드시 필요하다.

일상으로 돌아왔다. 생활의 리듬을 바꾼다. 일찍 자고 새벽에 깨어나 글을 쓴다. 다이소에서 2천 원 노트를 샀다. 글쓰기노트, 독서노트, 명언노트, 명상노트, 스피치노트 5가지 만들었다. 24색 네임펜도 사고 컬러 볼펜도 샀다. 무엇이든 끄적끄적 메모하는 습관을 만든다. 맘에 드는 문장이 만들어지면 희열이 있다. 이런 소소한 일상이 생각보다 재미있다. 영성을 회복해야 한다. 사람답게 사는 것이 영성이다.

한동안 스피치 강의 과정에 빠져 살았다. 두 달 째 미소 셀카를 찍어 매일 단 톡 방에 올린다. 매일 매일의 숙제다. 오늘의 칭찬 한 줄, 감사 한 줄을 한 문장으로 만들고 단 톡 방에 올린다. 용서와 감사는 영성 회복에 큰 힘이 된다. 단톡방 모두가 서로 응원 글 다느라 바쁘다. 단톡방을 몇 분마다 확인하다 보니 스마트폰 화면 넘기는 동작이 손버릇이 되었다. 단주를 위해서는 신앙을 갖는 게 유리하다. 하지만 나는 딱히 종교에 귀의하고 싶지 않다. 가끔 영월 절에 가서 108배를 하기도 하고, A.A 관련 빅 북과 성경책을 본다. 하지만 어느 신도 섬기지 않고 신께 기도하지 않는다.

회복 과정을 온전히 함께 하며 중독자 배우자모임 해 온 사랑하는 아내는 두 말할 나위 없이 내 편이다. 한 달에 한 번 정도 내려오지만 아이들도 아빠의 재기를 묵묵히 기다리고 있다. 14년째 회사에서 내 옆자리를 지켜준 대표, 24년 나와 함께한 여자 임원 두 분, 32년간 옆에서 그늘이 되어 주며 지금도 서울사무실을 관리해주는 친구 그리고 많은 내 편들이 오늘도 나를 지켜주고 있다. 정말 감사하다.

부모님 안 계시니 큰형이 집안의 어른이자 멘토이다. 형은 명문대의 부총장을 끝으로 은퇴하셨다. 얼마 전까지도 명예교수로 강의를 하셨다. 가끔 형님과 통화를 하면 카타르시스를 경험하고 힐링이 된다. 스승님을 뵙는 것처럼 경외심이 든다. 부모님은 이미 세상을 뜨셨다. 고아가 된 나에게 큰형과 큰누나는 '비빌 언덕'이 되어 준다. 기댈 곳이 있다는 것이 든든한 뒷배가 된다.

회복의 여정에서 만난 분들도 많다. 멘토로 삼은 사람들도 있다. TV 특강에 나오는 대단한 사람도 있다. 가장 중요한 건 내 의식이 변하는 것이다. 의식개발 훈련도 해보았다. 명상도 했고 좋아하는 일에 몰입도 했다. 재물을 좇아 투자도 공부했고 사업으로 금융, 건설, 무역, 부동산업도 경험했다. 이제는 소일거리로 여행업과 경영 컨설팅업까지 뛰어들었다. 이제 큰돈을 버는데 관심이 별로 없다. 의식의 변화는 몇 가지를 양보해야 이루어 내기 쉽다.

그래서 도전하려고 한다. 첫째, 술만 끊는 게 아니라 점차 육류 섭취도 멈추려고 한다. 먹고 싶은 욕구를 누르고 안 먹는 것이 술을 끊는 것만큼 힘든 여정이 될지도 모른다. 단백질 섭취는 달걀과 두부,

생선으로 대체하겠다. 둘째, 화학물질 섭취를 멈추는 것이다. 술은 물론 MSG가 들어간 음식을 끊으려고 한다. 아내의 음식은 안전하다. 유기농 매장을 이용하고 무 농약 농사로 텃밭을 일군다. 사찰음식이나 곳곳에 숨어 있는 유기농 식당을 찾아다니려고 한다. 나중에 책을 쓰려고 하는데 'MSG 없는 요리'를 맛보고 칼럼을 쓰고 싶다. 셋째, 영성을 찾는 공부를 해야 한다. 스님의 수행법이든 체계화된 시스템으로 하는 방식이든 중요하지 않다. 비용도 중요하지 않다. 나에게 딱 맞는 한 가지를 찾아 헤매는 중이다. 한 가지에 투신하며 늘 명상하고 영성을 찾는 참선을 하고 싶다.

아침마다 온라인으로 '매일의 명상 A.A'가 열린다. 많은 사람이 모인다. 거기에서 매일 명상한다. 그 명상에서 나오는 자비로운 만트라 진언이 있어 적어 본다.

"내가 건강하기를"
"내가 회복하기를"
"내가 바라는 바가 이루어지기를"

"우리가 건강하기를"
"우리가 회복하기를"
"우리가 바라는 바가 이루어지기를"

9. 술을 만나기 전, 용기에게

20년간 수십 번 참여했던 의식개발 코스에 '자신의 묘비명 짓기'라는 연습 과정이 있다. 지금까지의 나를 묻고 새로운 나로 거듭나고자 하는 의미이다. 45년 술꾼이었고 상당 기간 알코올중독 문제를 안고 살았다. 무엇이 부끄럽고 두려워서 그랬을까? 왜 숨고 도망치려 했을까? 술은 손쉬운 해결방법이었다. 처음에는 친구였지만 결국에는 나를 파괴하고 지옥 같은 구렁으로 처넣었다.

6남매 중 유일하게 유치원에 다녔다. 우리 집에 세 들어 살던 군인 가족 집 딸과 함께 다녔다. 그 아이 집에는 '원기소'라는 영양제가 있었다. 그 독특한 맛은 지금도 분명히 기억한다. 콩과 계피가 섞인 맛? 맛을 글로 표현하기 어렵다.

초등학교 때 크레파스를 가지고 학교에 간다. 책보가 아닌 가방을 멘다. 고무신이 아닌 운동화를 신었다. 스타킹도 신었고 만화 시계를 찼다. 주름잡았다. 운동과 싸움을 못 했다. 백 원짜리 고무공 축구도 만년 수비수이다. 시멘트 포대로 만든 종이 글러브 야구도 서툴다. 이런 운동 실력은 열등감이 되었다. 시계도 운동화도 큰 소용이 없었다. 아이들 세계에서는 운동 실력이 인기의 비결이다.

13살, 6학년이다. 3월 새 학년 첫날을 기해 시골 증평읍에서 청주시의 초등학교로 전학했다. 자모 회장직 놓으려 애쓰는 어머니를 말릴 수 없겠다고 생각했다. 어색한 환경으로 가고 싶지 않았지만 어린 마음에도 전학하는 게 효도라 여겼다. 전학을 하고 버스로 통학을 했다. 20km, 당시는 비포장 길이라 버스가 펑크도 잦았고 무척 느렸다. 1시간 이상 소요되었다.

전학하고 난생처음 핫도그를 보았다. 나무젓가락을 끼운 신기한 모양에 처음 맛본 그 황홀함을 너무 생생히 기억한다. 후문 나오자마자 포장마차에서 매일 핫도그를 먹는 게 일과가 되었다. 핫도그는 5원이다. 시내버스 요금은 30원이다. 버스 탈 때 15원을 내고, 중간요금으로 15원을 더 낸다. 버스안내양이 일일이 다니며 걷는다. 20원을 내고 버스에 올랐다. 5원을 안 거슬러 준다. "누나! 5원 안 줬는데요?" 싸움이 난다. 거슬러 주었다는 거다. 실랑이하다 내가 졌다. 어리다는 이유로 '까인' 거다.

큰일이다. 버스비 30원만 남기고 모조리 핫도그를 사 먹었다. 중간에 15원을 못 내고 10원을 냈다. 안내양은 북이면의 초등학교에 나를 강제로 내리게 했다. 북이면에서 우리 마을까지는 4km이다. 걸어서 집으로 갔다.

아버지가 목침을 베고 마루에서 책을 읽고 계신다. 아버지께 버스에서의 이야기를 했다. 아버지는 대노하셨다. 나를 자전거를 태우고 증평공고 뒤편의 버스 종점까지 자전거를 몰았다. 마침 기사와 안내양이 버스 물청소하고 있다. 나는 아버지께 저 여자라고 손짓을 했다. 아버지는 안내양과 기사의 뺨을 때렸다. 설사, 5원이 없더라도 아이를 그냥 태워 주는 게 인지상정인데 모질게 굴었다고 안내양 뺨을 때렸다. 안내양 편들던 기사도 맞았다. 기분이 통쾌했다.

큰 도시로 전학 와서 조립하는 장난감을 처음 보았다. 라디오를 조립하기도 했다. 회로도를 펴고 납땜을 했다. 빨간색 트랜지스터라디오를 만들고 방송국 아나운서 목소리가 난 순간의 희열이 선명히 기억난다. 난생처음, 외갓집에서 아침 배달 병 우유를 보았다. 세계문학전집을 만났고 50권을 2년간 모두 읽었다.

10. 열다섯살 용기에게 쓰는 편지

15살 용기야! 학교는 즐거움이 있었지만 아픔도 있었어. 교실에서 떠들고 씨름하고 놀 때는 마냥 즐거웠지. 어렵게 구한 권투글러브로 운동장 플라타너스 나무를 두들길 때도 재미있었어. 선도부 선배와 선생님들은 왜 그리 우릴 때렸을까? 요즘이라면 폭력교사라고 뉴스에 나오고 쫓겨나고 말 텐데. 장대비가 쏟아붓는 어느 날, 학교 근처 은광교회에 갔어. 눈을 마주칠 수 없도록 예쁜 여중생이 있었거든. 처음으로 여자에게 끌리는 기분, 그 애 생각에 꽂혀있었어. 막상 마주치고 보니 말을 붙일 용기가 나지 않았지. 일부러 교회를 다니며 꼬셔보려 했지만 막상 앞에 가면 가슴이 벌렁벌렁하는 거야. 결국, 교회 다니기를 포기했지. 쑥스럽고 움츠리던 겁 많은 15살, 용기! 짝사랑의 열병을 앓고 고등학교 문제에 고뇌했었지.

아버지의 잇단 사업실패에 마음도 점점 쪼그라들었어. 친구들과 껄렁거리고 지내던 어느 날 성적표를 받았어. 그 성적으로는 원하는 고등학교에 들어갈 수 없었어. 부모님의 확인 도장도 받아야 하는데. 겁이 났고 어떻게 해결할까 고민했어. 학교가 파하자 자전거를 끌고 친구와 골목길을 걸어 내려왔지. 지나가는 길에 구멍가게가 있는 거야. 아마 내가 제안한 것 같아. "야! 우리 소주 먹을까?" 친구도 맞장구를 치고 일사천리였어. 소주와 콜라, 환타를 사고 친구 자취방에 갔어. 친구 누나들이 근처 고등학교에 다니고 있었거든. 급하게 음료와 섞은 소주를 들이켰고 금방 취했지. 친구는 제집이니 자도 되지만 난 외갓집까지 먼 거리 자전거를 타야 하는데, 넘어지고 깨어지며 외가에 가야 했어.

첫 술은 맛이 썼어. 정신은 몽롱했고 세상이 빙빙 돌아가는 것 같았지. 시험 망친 걸로 치면 가도 좀 많이 갔어, 중학생 꼬마가 술이라니? 안 돼. 다른 건 용서가 되어도 술은 안 돼. 술은 어른 앞에서 배우는 거야. 어른이 권해야 첫 술을 먹을 수 있는 거야. 이날 사건이 인생을 바꾸어 놓았어. 인생은 끝없는 선택 과정이거든. 진로도, 학교도, 취업도, 결혼도 중요한 결정이지만 이날 먹은 술이 인생에서 많은 '행복 꾸러미'를 뺏어갔거든.

돈도 명예도 중요하지만 행복만큼 소중하지는 않아. 지금도 후회되고 아쉬워. 어른 '용기'가 그 자리에 있었다면 그래서는 안 된다고 따끔히 혼 내줄 텐데. 소년 용기야! 나는 지금 미래에 살아. 15살 그 순간, 술을 마시지 않고 학업에 충실했다면 어땠을까? 순간의 선택이 인생에서 중요한 변화를 가져오곤 해. 15살 나이, 먼 미래를 알 수는 없었겠지만 5년 뒤만 보았어도 인생의 길은 바뀌었을 거야. 다른 학교, 다른 전공, 다른 직장에 결혼까지.

그래도 나는 15살 용기가 고마워! 미래 '용기'는 건강한 몸을 가졌어. 사랑하는 가족이 생겼고 자식들 모두 장성했어. 세상에서 자기 몫을 잘 해내는 가족이야. 가족과 함께라면 모든 것이 풍성해지고 행복해. 소년 시절, 힘들고 외로웠어도 이겨내 주어 고마워. 늠름하게 세상의 고난과 맞서 온 너는 멋진 녀석이야! 그때 그 상황에서 그 일들을 해냈고, 그 길로 나아가서 어른이 된 '용기'가 이 자리에 있는 거야. 너는 이 세상에서 가장 빛나는 별이야! 네 우주의 주인은 바로 너였고 지금의 내가 되었어. 고맙다. 소년 용기야!

여기도 멋져! 인생에서 술만 빼면 모든 게 만족해. 행복이 충만해. 가족이 화목해. 온 세상이 환하고 미래가 기대돼. 그때 그 자리에서 멋지게 결정하고 행동해준 꼬마, 용기에게 진심으로 고마웠다는 마음을 가득 담아 보낸다. 예순 살, 용기가.

마치는 글

저는 알코올중독자입니다. 다른 사람은 심한 중독자지만 나는 심하지 않다고, 아직까지는 큰 문제는 없다고 위안하며 살았습니다. 정도의 차이는 중요하지 않습니다. 중독자는 중독자일 뿐입니다. 중독적 성격을 가지고 주사를 부리는 술꾼은 누구나 중독자입니다.

알코올중독자의 이야기로 풀어나가다 보니 어린 시절부터 지금까지 인생 스토리가 많이 담겨있습니다. 성공 스토리보다는 삶의 질곡과 좌절을 이야기하고 말았습니다. 술에 취해 저지른 실수와 남에게 피해를 입힌 이야기로 대부분의 지면이 채워졌습니다.

혹시, 당신은 알코올중독자인가요? 아니면, 알코올중독으로 진행 중인가요? 부록에 '알코올중독 선별 검사지'를 붙여 놓았습니다. 의료 기관에서 통용되는 기준입니다. 스스로 점수를 매겨 보고 알코올중독 여부를 판단해 보기를 권합니다.

책 쓰는 삶을 응원하는 작가이자 나의 글쓰기 스승이신 '이은대 선생'은 '그림처럼 글을 쓰라!'고 합니다.

"그림을 볼 때는 그림 속에서 글을 읽을 수 있어야 하고, 글을 볼 때는 글 속에서 그림을 볼 수 있어야 한다."는 이야기입니다. 살아온 경험을 솔직하게 밝히고 감정을 가감 없이 표현하려고 노력했습니다. 알코올중독의 늪에서 허우적대던 상황과 감정을 잘 표현하고 싶었습니다. 어린 시절부터 지금까지 삶의 궤적을 파노라마처럼 펼쳐내고 싶었습니다.

그러나 글공부 경험이 일천합니다. 생동감 있게 쓰기 어려웠습니다. 처음 써 보는 에세이 책입니다. 걸음마 단계의 초보 작가이니 분명 한계가 있겠지요. 선생 말씀대로 독자가 그림책처럼 읽을 수 있을 만큼 잘 쓸 수 있다면 오죽 좋을까요?

부모의 중독을 보고 자란 자녀들이 나중에 중독자가 되고 알코올중독 가정을 만드는 경우가 많습니다. 세대전이가 이루어지는 것이지요. 애주가와 중독자의 경계에 서 있는 분들은 '세대전이'가 되지 않도록 유의해야 합니다. 누구도 자기 자식이 중독 유전자를 물려받기를 원하지는 않을 것입니다.

이 책을 읽고 단 한 명이라도 중독의 늪에서 빠져나와 깨어있는 정신으로 건강한 삶을 산다면 만족합니다. 보람을 느낄 것입니다. 알코올중독이 아니더라도 중독자의 마음은 거의 흡사합니다. 도박도 있고 마약도 있으며 성중독도 있습니다. 요즘 게임중독이나 핸드폰 중독, 쇼핑중독도 사회적 문제로 대두되고 있습니다. 어떤 중독자든 간에 이 책을 통해 중독적 성격에서 벗어나 평온한 일상으로 돌아오면 좋겠습니다. 중독을 평생 끊어내는 삶을 응원합니다.

아울러, 이 책의 판매로 인해 들어오는 인세 수입은 알코올중독자와 노숙인 복지시설에 기부할 예정입니다. 그들의 자립을 위해 봉사하고 기부하는 삶을 살겠습니다. 서울역 노숙자 사이에서 오고 가는 우스갯소리가 있다고 합니다. 추운 겨울이 다가오면 노숙자들끼리 "부산으로 갈까? 원주로 갈까?"라고 한답니다. 부산은 날씨가 따뜻해서 좋고, 원주는 대우를 잘해 주어 좋아한다고 합니다. 원주에는 故 장일순 선생과 지학순 주교, 문창모 박사의 뜻을 이어가는 사람들과 시설이 많습니다. 밥상공동체도 연탄은행도 원주에서 생겨났습니다. 우리나라에서 신용협동조합을 최초로 만드신 분도 장일순 선생입니다. '갈거리 사랑촌'이라는 장애인, 노숙자시설을 기부처로 염두에 두고 있습니다.

돈을 벌려고 쓴 책이 아닙니다. 제가 살아온 인생의 족적을 자식에게 알리고 싶었습니다. 세대전이가 없어야 한다고 생각했습니다. 내 자식이 중독자가 되면 정말 안 되기 때문입니다.

알코올중독자에게 계몽서가 되어도 좋습니다. 제 인생 고백서가 되어도 괜찮습니다. 글 쓰는 작가의 미래를 꿈꾸겠습니다. 에세이든지 혹은 자기계발서이든지 어떤 종류가 되었든 간에 솔직하게 쓰는 작가 말입니다. 매일 글을 쓰고 책 읽는 삶을 살겠습니다.

2022년 깊은 가을
이용기

알코올중독 선별검사(NAST)

검사항목	가중치
1. 자기연민에 잘 빠지어 술로 이를 해결하려 한다.	1.5
2. 혼자 마시는 것을 좋아한다.	2.4
3. 술 마신 다음날 해장술을 마신다.	3.3
4. 취기가 오르면 술을 계속 마시고 싶은 생각이 지배적이다.	3.6
5. 술을 마시고 싶은 충동이 일어나면 거의 참을 수 없다.	3.3
6. 최근에 취중의 일을 기억하지 못하는 경우가 있다.	2.4
7. 대인관계나 사회생활에 술이 해로웠다고 느낀다.	1.0
8. 술로 인해 작업기능에 상당한 손상이 있다.	2.8
9. 술로 인해 배우자(보호자)가 나를 떠나거나 피한다고 위협한다.	2.8
10. 술이 깨면 진땀, 손 떨림, 불안이나 좌절 혹은 불면을 경험한다.	5.0
11. 술이 깨면서 공포나 몸이 심하게 떨리는 경험, 혹은 헛것을 보거나 헛소리를 들은 적이 있다.	5.0
12. 술로 인해 생긴 문제로 치료받은 적이 있다.	2.1

문항수가 4개 또는 가중치 합계점수가 11점 이상이면 알코올 치료병동에 입원할 정도의 최소수준치이며, 알코올중독으로 진단 가능성이 매우 높음. 특히 불안이나 중독, 금단증상을 나타내는 10번과 11번 항목에 해당될 경우 다른 반응의 유무에 관계없이 알코올중독으로 진단한다.

이제 알코올중독과 헤어집니다

이용기 에세이

발 행 처 · 도서출판 **청어**
발 행 인 · 이영철
영　　업 · 이동호
기　　획 · 남기환
편　　집 · 방세화
디 자 인 · 이수빈 | 김영은
제작이사 · 공병한
인　　쇄 · 두리터

등　　록 · 1999년 5월 3일
(제321-3210000251001999000063호)

1판 1쇄 발행 · 2022년 11월 20일

주　　소 · 서울특별시 서초구 남부순환로 364길 8-15 동일빌딩 2층
대표전화 · 02-586-0477
팩시밀리 · 0303-0942-0478

홈페이지 · www.chungeobook.com
E-mail · ppi20@hanmail.net
I S B N · 979-11-6855-084-1(03810)